내 안의 초대

내 안의 초대

1판 1쇄 발행 2024년 5월 5일

지은이   이봉순
발행인   이선우
발행처   도서출판 선우미디어
　　　　 등록 | 1997. 8. 7 제305-2014-000020
　　　　 02643 서울시 동대문구 장한로 12길 40, 101동 203호.
　　　　 ☎ 2272-3351, 3352 팩스: 2272-5540
　　　　 sunwoome@daum.net   greenessay20@naver.com
　　　　 Printed in Korea ⓒ 2024. 이봉순

값 13,000원

ISBN 978-89-5658-759-2 03810

내 안의 초대

이봉순 수필집

선우미디어 sunwoomedia

수필, 나만의 방

책을 내기에 앞서 많이 망설였다.

옆에서 격려해 주어 용기를 내긴 했지만 보잘것없는 글에 부끄러움이 앞선다. 하지만 수필을 배우는 중이고, 그 길 위에서 성장해가는 과정이라는 생각으로 감히 첫 수필집을 낸다.

작품을 쓸 때마다 '나는 왜 쓰는가' 하는 물음을 스스로에게 했다. 하지만 깊은 사색과 철학에 늘 부족함을 느꼈기에 선뜻 그 답변을 할 수 없었다. 그런데 어느 날부터 수필이 내 안에 들어오기 시작했다. 문우들과 책을 읽고 토론하는 시간이 행복하고 즐거웠다. 글을 쓰는 동안만은 흔들리는 내 마음을 붙잡을 수 있었고, 마치 기도를 하듯이 평온해지곤 했다. 수필의 길 위에서 사람들과 문학을 이야기하고, 진정 어린 악수를 하고 싶어졌다.

솔직히 말하면 나는 아직 수필에서 크게 행복을 느끼지는 못한다. 그러나 마음의 한 부분은 확실히 치유되었으며, 미래를 향해 나아갈 힘이 생긴 것 같다. 수필을 통해 나의 삶이 세상 사람들과 소통하는 '마음의 길'이 열렸다. 수필은 나에게 위로를 주는 '나만의 방'이다.

그동안 써왔던 글을 다시 보니 때때로 나 자신의 삶에 갈증을 느껴왔던 것을 알 수 있었다. 내 삶을 고스란히 드러내는 작품들을 보면서, 지난 시간과 그 안에서 일어났던 많은 일이 파노라마처럼 스쳐 지나갔다. 더러는 안타까운 일상을 벗어나지 못하는 답답한 심정을 토로하기도 했다. 어쩌면 나의 부끄러운 자화상을 세상에 드러내는 일이지만, 알 수 없는 용기가 내 안의 나를 들여다보게 해준다. 이제부터 두 손안에 수필을 꼭 쥐고 살아가고 싶다. 수필과 함께 걷는 길이 아름다웠으면….

끝으로 언제나 친구로 곁에 있어 준 율목 독서회와 남태령 수필동인회, 그린에세이작가회에 감사를 드린다. 특히 아낌없는 격려를 해준 이경은 선생님과 출판을 맡아주신 선우미디어 이선우 대표에게 감사를 드린다.

2024년 남한산성 아래에서
이봉순

차 례

작가의 말 | 수필, 나만의 방 ······ 4
권대근 | 이봉순의 수필 세계 ······ 187

1 ─ 뜻밖의 선물

기억 속의 집 ······ 12
밤을 잊은 여인들 ······ 17
뜻밖의 선물 ······ 22
살아가는 이유에 대한 단상 ······ 25
마법의 시골집 ······ 32
나에게 속삭인다 ······ 36
구멍 ······ 39
용해 할머니 ······ 43
비, 울렁거리다 ······ 48
나, 하나쯤이야 ······ 50

56 ······ 그녀가 문을 열고 들어왔다

60 ······ 제비집을 엿보다

63 ······ 내 안의 초대

66 ······ 오후의 대화

71 ······ 괜찮아

74 ······ 나이가 지나간다

78 ······ 천사를 만나다

83 ······ 함지박 아줌마

87 ······ 쥐와 발

92 ······ 꿈꾸는 시간

2 ─ 오후의 대화

3 ─ 시선 맞추기

최고의 선택 ······ 98

봄비 한 방울 ······ 104

울 언니 ······ 108

차마 ······ 112

아버지도 위로가 필요하다 ······ 116

10프로 남았어요 ······ 121

콩 세 알 ······ 126

시선 맞추기 ······ 131

알 수 없는 노래 ······ 135

따뜻한 말 한마디 ······ 138

144 ······ 상상으로 떠나본 여행

148 ······ 봄이 수평으로 펼쳐진다

152 ······ 자리의 힘

159 ······ 어쩌려고 영실에

163 ······ 에크미아 화시아타

167 ······ 영화 한 편의 선물

171 ······ 불청객

174 ······ 비가 흩뿌리다

176 ······ 무지개와 설산을 만나다

182 ······ 행복, 꽃 피다

4
—
꽃,
피
다

1 — 뜻밖의 선물

기억 속의 집

　　예술은 혼자만의 고독감과 외로움 속에서 탄생되는 것이라고 한다. 〈기억은 장소로 남는다〉라는 제목의 전시회는 우리가 7~80년대를 지나며 많이 보아왔고, 어렸을 적에 살았던 집과 건물 그림들이 주를 이루고 있다. 장식이 배제되어 있는 시멘트 벽돌로 지은 1층이거나 2층의 단독 주택들, 지금은 지방이나 제주에 남아 있는 집들의 모양이다. 화가는 '기억 속의 집'의 이미지를 자신만의 방식으로 표현한 것 같았다.

　　그림들을 둘러보다가 나는 잠시 기억 속으로 걸어 들어간다. 내 기억에 남아 있는 어릴 적 집은 일자형의 작은집이다. 대문 앞에 작은 개울이 흘렀는데, 나는 그 개울이 좋았다. 주변이 온통 논과 밭이었던 전농동 집 앞 개울에서 첨벙첨벙 소리를 내며, 작은 물고기를 잡던 시절이 눈앞에 스친다.

아버지의 사업이 잘 안 되어 인사동에서 전농동 조그만 집으로 이사했을 때였다. 살림은 어려웠지만 온 가족이 오순도순 지냈다. 나는 아무 생각 없이 동네 친구들과 산과 들로 뛰어다니며 놀았다. 내게 집이란 가족들의 행복한 이야기가 있고, 어려운 일이 있을 때는 위로의 말이 오가는 따스한 가족애와 추억이 담겨있는 곳이다. 어머니께서 손수 차려주신 소박한 밥상처럼, 구수한 밥 냄새와 옆에서 식구들의 두런거리는 이야기가 흘러나오는 풍경.

〈작가와의 대화〉에서 화가는 유년 시절의 이야기를 낮은 목소리로 들려주었다. 첫마디가 그녀는 '늘 혼자였다'는 말이었다. 부산 바닷가 비어있는 집에서…. 가족들이 생업에 매달려야 하는 어려운 시절에 살았던 집에 대한 기억, 어릴 적 혼자 빈집에서 지냈던 많은 시간이 그토록 외로웠다는 고백에 가슴이 먹먹해졌다. 나이가 들 때까지 가슴 한편에 그때 그 시간을 늘 가슴에 품고 살았다니…. 어린 시절의 외로움과 그리움을 추억 속의 집으로 표현한 걸까. 탁한 파란색과 적막감이 묻어나는 집들에서 쓸쓸함과 고독이 깊게 느껴졌다.

내게도 그런 순간이 있었다. 아버지와의 갑작스러운 이별에 고독이나 외롭다는 말을 처음으로 희미하게나마 느꼈던 듯하다. 별안간 아버지가 세상을 떠나시자, 우리 집은 급작스레 모든 환경이 바뀌어 갔다. 게다가 집 문제로 가족이 잠시 헤어져 삼촌이나 이모 집에 뿔뿔이 흩어져야만 했을 때 나는 뭔가 또렷이 알 수는 없지만, 마음속이 늘 허기졌다. 이모 집이라 눈치 볼 것도 없었고, 사촌들과 잘 놀면서도 마음은 우리 가족에게로 향했다. 다행히 그 기간이 그리 오래가지 않아서 가슴에 그 흔적이 크게 남지는 않은 것 같다.

그때 어머니는 갑자기 가장이 되어 고단한 삶이 이어질 수밖에 없었다. 그런데 과일가게를 운영하면서도 흰 버선을 신고 한복을 입는 자존심이 강한 멋쟁이셨다. 여성이었지만 마음은 대장부이셨고, 고독이라는 말 자체를 아예 모르는 듯 자식밖에는 어느 것에도 마음을 두지 않으셨다. 외며느리인 내게 "시부모님을 잘 모시는 게 당신에게 효도하는 것이라 생각하라."며 위로해 주시는 그런 어머니를 닮고 싶었지만 닮지 못했다. 나는 마음만 여려 어머니의 강인한 모성을 흉내도 못 내는 그런 자식일 뿐이다.

남편이라는 울타리가 없이 어린 자식들을 데리고 혼자서 살아내야 했던 어머니는 분명 외로우셨을 것이다. 하지만 어머니의 외로움을 이해하기에는 너무 철이 없는 나이였다. 큰이모는 슬하에 자식이 없으셨는데 늘 나를 당신 딸로 달라고 하셨다. 하지만 어머니는 그 누구에게도 보내지 않으셨다. 교육비도 내기 어려운 시절이었으니 어머니의 짐을 덜 수도 있었을 텐데….

얼마 후 어머니께서 어렵게 집을 마련했다. 그 집에는 마당이 있고, 풍금 소리가 들리는 길의 끝자락에 있어 뭔가 늘 낭만적인 기분이 들었다. 세 자매가 종아리를 걷고 매를 맞기도 했고, 한 이불 속에서 다투기도 했지만, 두런두런 지내던 그때가 아련하기만 하다. 든든한 어머니가 계셨기에 우리 세 자매는 아버지의 부재를 견디며 지낼 수 있었다.

집이란 말에는 가족의 의미가 가장 강하게 들어 있다. '홈 스위트 홈(즐거운 나의 집)' 노래처럼 집은 가족과 함께 기쁜 일과 힘든 일을 견디며 살아내는 곳이라는 의미가 마음에 들어온다. 그러나 좀 더 넓게 생각해 보면 집은 '나'라는 존재의 모든 자질구레한 것들을 다 기억하고 있는, 기억을 모아둔 기억창고나 저장소 같은 곳이 아닐까 싶다. 비록 그 기억이 사람에 따라 좋을 수도 있고 고통과 슬픔의 장소일 수도 있겠지만, 집이 우리에게 주는 이미지는 '영혼의 안식처'라는 느낌이 든다. "내 쉴 곳은 작은 집 내 집뿐이리."라는 노래 가사처럼, 집은 어쩌면 세상에 지쳐 돌아오는 모든 영혼을 받아주고 위로해 주는 유일한 장소일지도 모른다. 그게 실제로 아름다운 집이든 그저 마음속에서 그리는 집이든 내 몸과 영혼을 뉠 수 있는 그런 곳, 바로 우리 모두의 집이다.

나의 집은 강인한 어머니가 계셨기에 안온했고, 멋진 정원도 풍금도 없는 셋집이었지만 어머니라는 그늘이 있어 따스한 기억을 담은 그런 집이다. 화가는 기억은 장소로 남는다며 그림들을 예술로 꽃피웠지만, 우리는 이제 다시는 갈 수 없는 사라진 그 옛날의 집이 마냥 그립다. 전시회가 내 안의 기억 속 한 장면을 불러내었다.

밤을 잊은 여인들

만나지 못하고 지내는 시간이 일 년 이상 계속되는 비대면 상황이 이어지면서 집안 대소사나 경조사를 전과 다르게 당사자들만의 행사로 치러야 하는 문화로 바뀌어 가고 있다. 그러다 보니 모임의 결속력이 약해지는 것 같아서 아쉽다고 생각을 하던 중이었다. 독서 모임의 신임 회장이 회사나 공무원 등 학교에서 시행하고 있는 '줌(Zoom)'으로 만나보자는 의견을 냈다.

반신반의하면서 안부를 묻는 것으로 시작을 했다. 삼십여 명이 되는 인원이 다 참여하지는 않았지만 십여 명이 새해 인사를 겸해 줌으로 만났다. 화상으로 얼굴을 보고 목소리를 들으며 모두 반가워했고, 쉬었던 독서 공부를 이어가자는 의견을 냈다. 경험해 보지 않아서 컴퓨터나 핸드폰에 연결하는 작업이 어렵게 느껴졌다. 결국 줌을 배워서 할 수 있게 되었고 적극적으로 활용하면 좋겠다는 생각도 들었다. 독서회나 수필모임을 외출하지 않고도 공부를 할 수 있어서 무척 신선하고 유용한 방법이라고 생각했다.

친구 하나가 이참에 중국어에도 도전해보자고 했다. 나는 중국어를 접해 본 경험이 없어서 조금 망설여졌다. 선생님은 친구의 조카 딸이다. 처음엔 친구 조카에게 중국어를 배우는 것이 내키지 않았다. 잘나가는 동시통역사이고 대기업 중견 직원들도 가르치며, 아기도 있는데 민폐를 끼치는 것 같아서였다. 두 친구가 적극적으로 나서서 '친구 따라 강남 간다.'는 심정으로 시작을 했다. 공부를 시작하고 보니 젊은 선생님하고 만나는 시간이 기다려진다. 어쩐지 나도 젊어지는 시간이 될 것 같아 설레었다. 세 친구의 남편들이 똑같이 영어가 아니고 웬 중국어냐고 해서, 셋이 똑같이 치매 예방이라며 웃었다.

중국어를 공부하는 친구 세 명은 공통점이 많이 있다. 동갑이며 모두 구십이 넘으신 시어머니를 모시고 있다. 낮에는 시간이 여유롭지 않아서, 밤 열 시에 일주일에 두 번 하기로 하고 '밤을 잊은 여인들'이라고 모임 이름도 지었다. 벌써 시작한 지 삼 년이 지나고 있다. 공부 시간을 기다리며 활기가 생겼고 하루가 더 바빠졌다. 비대면 시대여서 나가지 않고 집에서 명강사한테 배울 수 있고 시간이 절약되니 더할 수 없이 효율적이다.

처음으로 접해보는 중국어 발음도 어색하고 간결하게 쓴다는 간체자도 익숙지 않아 잘하지는 못하지만, 선생님은 잘하는 거라며 용기를 주었다. 칠십을 앞둔 할머니들이 늦은 밤에 예쁜 목소리도 아닌데 선생님의 칭찬에 한 시간이 금방 지나간다.

몇 년 전에 친구들과 계림에 갔을 때이다. 중국에서 사업을 하는 남편을 둔 친구가 무대에 초대를 받아서 중국 노래를 구성지게 부르고, 쇼핑할 때 중국어로 말하는 것을 보고 부러워한 적이 있다. 하지만 영어도 잘 못 하는 처지여서 중국어에 도전해 볼 생각은 하지도 못했다. 스페인 여행 때 칠십 대 어르신이 회화 책을 들고 다니며 열공 하는 것을 보았을 때도 그냥 지나쳤다. 이십여 년 전부터 외며느리로서 시어머님의 잦은 병원 출입 때문에 늘 머릿속에 핑곗거리가 있었다. 시도 때도 없이 일이 생겨 정해서 뭔가를 하기가 어려웠다.

그러나 사실은 나의 게으름과 무관심이 문제였다. 지금도 상황이 녹록하다고 할 수는 없지만 이렇게 도전할 수 있어 다행이 아닌가. 중국어를 열심히 익혀서 코로나가 사라지면 북경이나

서안에 가서 음식도 주문해보고 쇼핑도 해보고 싶다. 나이가 있으니 기억력에도 한계가 있지만, 어학을 하면 노년에 인지 저하를 막아준다는 보고도 있어 노인들이 도전하는 게 아닐까. 알아가는 즐거움도 있고 만남의 기쁨도 있어 '일석이조'이 아닌가 한다.

PC나 핸드폰의 기능이 많아도 활용을 못 하는 기능도 꽤 많다. 걸핏하면 무시당하는 노인이기 쉬운데 줌으로 수업을 하는 것을 보고 자녀들도 내심 놀라는 눈치였다. 새해 첫날에 만나지는 못하는 상황에서 새해 덕담을 하려고 화상으로 만날 때였다. 손녀가 할아버지와 할머니 삼촌이 보이고 목소리까지 들린다면서 신기해했다. 독서 모임 수업 때다. 회원이 하와이 해변에 파도가 치는 화면 앞에서 이야기하는 것을 보고는, 현지에 가 있는 게 아닌가 하는 착각을 했었다.

화면에 얼굴이 크게 보이고 각도에 따라 삐뚤게 보이기도 한다. 구글에서는 어떻게 앉아 있어도 정면에 똑바로 앉아 있는 것처럼 보이게 거리와 각도를 보정을 해주는 기술로 특허 신청을 했다는 보도도 전해진다. 요즘엔 눈썹과 립스틱을 칠한 것 같은 기능도 배워 재미가 있다.

아침 방송에 어느 교수가 4개 국어에 도전한 경험을 들려준다.

나이 육십 이후에 우리가 가용할 수 있는 시간이 십일만 시간이라고 하는데, 그중에 일만 시간만 투자해도 뭔가를 이룬다는 '일만의 법칙'을 강조한다. 우선 나 자신과 약속을 하고 그 약속을 지키려는 의지가 중요하단다. 시작만 해놓고 용두사미가 되지 않기를, 밤을 잊은 여인들의 마음이 바빠진다.

같이 공부하는 친구가 "네 얼굴에 생기가 돌아." 한다. 코로나19가 몇 해 이어지는 동안 지루했던 일상에서 새로운 경험을 하면서 활기가 생기는 것은 분명하다. 눈이 침침해지는 시간에도 책상에 앉아 선생님과 친구를 기다린다. 함께 할 수 있는 친구가 있어 고마운 일이다. 학원에 가지 않고도 친구들과 '你好!' 인사 정도만 해도 어디냐 한다. 얼마 전부터는 공부 시간이 늘어났다. 수다로 시작을 하게 되어서다. 수다는 자꾸 늘어만 간다.

실력이 쌓이면 중국 여행을 가서 중국어로 식당에서 주문해볼 생각에 가슴이 설렌다. 싱싱한 물줄기가 발가락부터 올라오는 느낌이 든다. 그 물줄기가 가슴까지 올라오려면 시간이 걸리겠지만, 인내심을 가지고 노력해 보련다. 게으름과 무관심의 악습에서 파아란 새싹의 잎이 무성해질 때까지.

뜻밖의 선물

나는 결혼 초에 시부모님과 시누이들, 우리 부부까지 모두 여섯 식구가 함께 살았다. 예전에는 시부모님을 모시는 것이 당연시되는 시절이었다. 아니 그래야만 하는 줄 알았다, 더구나 나는 외며느리였으니까. 결혼하면 신랑과 내가 주인공이어야 하지만, 나는 시집에 들어가는 다음 날부터 주인공이 아니었다.

부모님은 그렇다 해도 시누이들은 더 어려운 상대였던 것 같았다. 결혼 전에는 나이가 비슷해 사이가 좋을 것 같았지만, 시누이와 올케가 되고 나서는 생각 같지 않았다. 첫아이를 가졌을 때 입덧을 하지 않아서 특별한 배려는 생각도 해보지 않았다. 만약에, 입덧을 했다면 어땠을까 생각해 보지만 암울했을 것 같다.

나는 입덧을 하지 않은 것을 다행으로 생각했다. 비슷한 나이의 두 시누이가 미혼이어서 내가 눈치를 보게 되는 상황이었고, 분명 시누이와 올케 사이에 입장의 차이가 존재했다. 모두가 다 그런 것은 아니었지만, 거의 반세기 전의 세태가 그랬다.

똑똑, 창문을 두드리는 소리가 들렸다. 갑자기 들리는 소리에 놀라서 잠깐 멈칫하다가, 찬찬히 밖을 살펴보니 창밖에 사람의 형체가 보였는데 남편인 것을 알고는 안심했다. 창문을 열고 "무슨 일이에요?" 하자 창문 안으로 웬 뭉치를 던져 놓고는 어둠 속으로 사라졌다. 가슴에 마구 방망이질을 해댄다.

결혼 일주년을 앞두고 있을 때 남편은 내게 해줄 수 있는 게 별로 없었을 것이다. 오붓하게 결혼기념일을 자축할 수도 없었고, 외출도 자유롭지 않았으니까. 백화점 마네킹에 입혀져 있는 옷이 마음에 들어서, 포장도 대충 둘둘 말아 비닐봉지에 넣어 끈으로 묶은 것을 창문 안으로 던져 준 것이었다. 시누이 둘이 결혼해서 집을 떠났어도 아들 둘을 연년생으로 키우다 보니, 그 옷을 입고 외출할 일도 별로 없었다. 한동안 장 속에 걸어만 놓았다. 하지만 남편의 뜻밖의 선물이 내게 시집살이의 고단함도 넘을 수 있게 해준 게 아닐까.

지난 늦가을 저녁 결혼식에 무엇을 입을까 고민을 하다가, 그

쎄무 코트에 눈길이 머문다. 가슴에 방망이질하던 추억이 담긴 옷이다. 예전의 코트를 입고 보니 나를 그때 그 시간으로 데려간다. 죄를 지은 것도 아닌데 심장이 뛰고 얼굴이 달아오르던 그때를 떠올리다 미소가 번진다. 사십 년 넘게 살아온 우리 부부는 덤덤한 마음으로 살고 있다. 오래된 그 코트를 입고 나서는 것을 남편이 보더니 너무 오래된 옷이 아니냐고 한다. 하지만 누가 뭐래도, 나는 오늘 그이가 창문으로 던져주던 그때의 아름다운 추억으로 들어가고 싶다.

살아가는 이유에 대한 단상

뜻밖의 만남

나의 인생을 돌아보면 뜻밖의 만남으로 맺어진 인연이 오늘까지 이어져 온 사람들이 있다. 우선 멋진 남편도 버스에서 우연히 만났고, 쌍둥이 친구 중 한 명을 방통대 출석 수업에서 만났다. 그 외에도 이런저런 인연으로 맺어진 친구들과 지인들이 있다.

이들을 만난 걸 나는 큰 행운이라고 늘 생각하고 살아간다. 그다지 살갑지는 않아도 변함없는 남편이 첫째요, 둘째는 쌍둥이인 두 친구도 변함없는 진국이어서 멘토처럼 지내고 있다. 반세기가 다 되도록 한 번도 삐치거나 다툰 적이 없다. 또 나의 멘토로 생각하는 두 분 형님도 뜻밖의 만남에서 수십 년째 인연을 이어오고 있다.

내가 사랑하는 이유

사랑을 받았으니 나도 사랑하며 살아야 양심에 맞는다고 생각한다. 내가 잘나서 이 나이까지 잘 살아왔을까. 부모님과 주변의 지인과 선후배, 친구들 덕분에 무탈하게 살아온 것이리라. 때로는 사랑하기 어려운 상대가 있을 수도 있다. 하지만 그들도 사랑해야겠다는 생각을 한다. 상대가 마음에 들지 않아도 사랑해야 하는 경우, 특히 가족의 경우에 힘이 드는 게 사실이다. 애증의 감정을 이겨내기가 어려워서 마음이 약한 쪽에서 다가갈 수밖에 없을 때가 많다.

사치품

명품을 사치품이라 해야 하지 않을까. 하지만 내게는 사치품이 될 수 있어도 어떤 이에게는 아닐 수도 있다는 생각이 든다. 나는 사치품을 좋아하지 않는 편이다. 실용을 더 생각하는 쪽이다.

사치품과는 거리를 두고 살지만, 나에게도 사치품이라 할 만한 게 있을까 생각해 본다. 분에 넘치는 비싼 돈을 지불하고 물건을 장만했다면 사치품이라고 할 수도 있겠지만, 딱 잘라 그렇다고 단정 지을 수는 없지 않을까. 각자의 형편에 맞는다면 어느 정도의 사치도 삶의 활력소가 될 수도 있기 때문이다. 세계 경제 대국 10위인 우리도 각자 넘치지 않는 범위에서 누린다면 사치한다고 몰아세울 일이 아니라는 생각이다. 각자의 능력에 따라 사치라는 잣대가 다를 수 있을 것 같아서다.

각자에게 명품 한두 개 정도는 애교로 봐줘도 되지 않을까.

변명

나의 악습의 하나가 변명하는 것이다. 시원하게 인정하지 않고 늘 핑계를 대고 변명하는 나를 보면 왠지 당당하지 못한 느낌을 지울 수 없다. 결국에는 시간이 흐른 뒤에 후회하게 되는데, 실수나 잘못을 인정하는 용기가 없었다. 이 나이가 되어 보니 무엇보다 변명하는 것이 부끄러운 일임을 새삼 깨달았다.

그 집 대문 앞

초등학교 시절 내가 살았던 골목에 2층 양옥집이 있었다. 풍금 소리가 나면 그 집 대문 앞을 서성이기도 했다. 동화 속 예쁜 원피스를 입은 어여쁜 소녀가 풍금을 연주하고 있는 상상을 하면서…. 우리 집 형편이 어려워 무허가 건물에 살았었는데, 도로를 넓히면서 철거가 되어 가족이 뿔뿔이 헤어져 지낸 적이 있었다. 이사한 뒤에도 가끔 생각이 났다. 어린 내게 그 집 대문은 너무 높은 벽이었다. 이스라엘의 팔레스타인 사람들이 사는 지역에 쳐진 그런 높은 벽처럼.

뒷모습

뒷모습에서는 쓸쓸함과 슬픔이 느껴진다. 헤어짐의 슬픔과 상대에 대한 연민, 더 사랑해 주지 못한 아쉬움과 미안함에서일까. 예전에는 부모님의 뒷모습을 볼 때 죄송한 마음에 안타까웠고, 요즘에는 배우자가 나이 들어 약해진 뒷모습을 보면 안쓰러움이 느껴진다.

어려운 형편에 리어카로 폐지를 실어 나르는 노인과 투병하는 환자들의 쓸쓸한 뒷모습도 애잔하다. 장성한 아들의 뒷모습에서도 세상을 살아가는 가장으로서 어깨의 무거움이 내게 고스란히

전해져 온다. 이 모든 것이 인생살이의 그늘진 훈장이 아닐까.

진달래

좀 못난 구석이 나에겐 있다. 나를 드러내기를 좋아하지 않는다. 예전이나 나이가 든 지금도 크게 달라지지 않았다.

보일 듯 말 듯 봄에 산속에 피어있는 진달래꽃을 좋아한다. 진달래도 나처럼 제 자랑하기를 싫어하는 것 같아서. 나는 자랑할 만한 게 별로 없는 게 사실이다. 재주도 없고 말도 잘하지 못한다. 학창 시절에는 그런대로 앞장서서 리더로 활동도 했건만.

봄이 되어 산에 올라 진달래를 만나면 진달래를 따라 끝없이 가고 싶어진다. 은은한 분홍빛과 연보랏빛 같은 빛깔이 마음을 편안하게 해준다. 꽃 모양도 각이 지지 않아 부드러워 좋다. 영산홍이나 철쭉은 우리 시선을 끌지만 진달래처럼 은은한 매력 앞에서는 한 수 아래로 생각된다. 또 화전에 오를 수 있는 것은 진달래가 아니던가. 보아도 보아도 질리지 않는 진달래의 그 편안함이 좋다.

나무

나무는 늘 같은 자리에 있으면서도 남의 탓을 하지 않는다. 사 계절 변화에도 묵묵히 견뎌내며 우리에게 유익만을 주려 한다. 깨끗한 공기, 시원한 그늘, 귀한 열매와 아름다운 꽃으로, 게다가 단풍으로 아름다움을 한껏 보여주고는 자신을 비우는 잎 떨구기에 들어간다.

자기를 비우고 나목으로 겨울을 지낸다. 그 견디는 지혜가 특별하다. 새봄에 싹이 돋아나 잎이 풍성해지면 자태가 고와진다. 모두를 품을 만큼.

나는 나무 같은 사람이 좋다. 남의 말도 하지 않고, 변함없는 인품을 지닌 나무 같은 사람이다. 나도 그런 나무를 닮고 싶다.

유리창 밖

나는 투명한 유리창이 좋다. 안에서나 밖에서도 볼 수 있어서다. 유리창은 닫혀있어도 그다지 답답하지 않아 그런대로 괜찮다. 요즘에는 프라이버시를 생각해서 밖에서는 보이지 않는 선팅을 거실 창이나 자동차에 하는데 나는 답답해서 싫다. 투명 유리창은 밖에서 안을 들여다볼 수 있어서 좋고, 안에서 밖을 내다보는 여유로움이 있어서 좋다.

창밖에 꽃밭이나 정원이 있다면 더욱 좋겠다. 장독대가 보이면 정겨워서 좋고 누렁이가 누워 낮잠을 즐기고 있다면 보는 즐거움이 크리라. 비 오는 날이면 고즈넉한 분위기가 마음을 차분하게 만들고, 유리창 밖을 내다볼 때 창에 부딪히는 빗소리도 좋다. 눈이 내리는 날에는 누렁이가 뛰어다니며 재롱 피우는 재미도 한몫할 것이다.

고층아파트 생활의 큰 아쉬움이 바로 이런 게 없는 것이 아닌가.

깍두기찌개

깍두기를 먹고 나면 국물이 남을 때가 있다. 나는 깍두기 국물을 버리지 않고 바로 다시마와 멸치로 국물을 내어 찌개를 끓인다. 때로는 멸치를 그냥 넣어 끓여도 좋다. 재료도 간단하고 레시피가 간단하다.

깍두기와 먹다 남은 국물에 멸치와 다시마, 물을 넣어 중불에 끓인다. 한소끔 끓은 뒤에 된장을 심심할 정도로 조금 넣어 깍두기가 살캉하게 익을 만큼만 끓인다.

국물 떠먹는 맛이 그만이다. 큰며느리도 좋아한다. 시골스럽고 서민적인 맛이다. 내가 직접 끓이지 못하고 먹고 싶을 때 '며느리 보험'을 써봐야겠다.

마법의 시골집

오랜만에 길을 나섰다. 지인들과 부여의 한 폐가를 찾아가는 여행이었다. 여자 혼자 손으로 폐가를 구해서 쓸고, 털고, 고쳐서 아름답게 꾸며 놓은 재탄생시킨 집. 부여는 역사가 깊은 도시여서 기대가 되던 여행이었지만, 역사 탐방이 아닌 폐가를 찾아가는 여행이어서 아쉬움도 컸다.

자연과 사물을 소중히 여기며 작고 보잘것없어 보이는 것들을 소중하게 생각하는, 흰 앞치마와 두건을 쓴 하이디를 닮은 집주인이 일행을 맞아주었다. 아침에는 동화를 쓰는 동화작가이면서, '밥을 디자인'하는 그녀의 집에 새것은 보이지 않았다. 굳이 새로운 것이라고는 추억이 깃든 옛 물건들에 그녀의 손으로 재탄생되어 있는 작은 액자, 어릴 적 들었던 지갑에 동화를 수로 놓은 것들이 있었다. 마당을 둘러보니 갓 피어나는 허브나 꽃과 텃밭에서 나는 먹거리들뿐이고 새것은 눈에 띄지 않는다. 누군가는 버리고 기억조차 하지 않을 물건에 의미를 부여하고, 생명을 불어넣어 새로운 느낌으로 근사하게 만들어낸다.

그녀는 서울에서 요리 강의를 해왔고, 우연히 이곳을 둘러보다 부여에 정착하게 되었다고 한다. 구십여 년 전에 지어진 낡은 집에 측은한 마음이 들어서 헌 집에 생기를 불어넣어 주며 살고 있단다. '밥 디자이너 유바카 하우스'를 만들어 운영하고 있는데, 박하 향이 나는 여생을 살고 싶어 지은 이름이라고 했다. 이곳에는 하루에 한 팀만을 위해 정성을 들여 만든 음식에 이름을 지어 코스로 차려낸다. 음식의 재료와 이름에 대한 설명도 특별해서 개성이 돋보였고 신선한 느낌이 들었다.

식당은 예전에 창고로 쓰던 곳을 자연스럽게 식당 분위기로 연출해 놓았다. 곳곳에 ≪어린 왕자≫와 같은 동화책 등을 배치해 놓았다. 광목천에다 동화를 직접 쓰고 수를 놓아 책으로 엮어 놓은 걸 읽는 재미도 쏠쏠했다. 창고의 벽과 선반인 '시렁'에는 작은 액자나 오래전부터 아끼고 간직해 온 물건 등으로 장식해 놓았다. 동화를 쓰는 작가의 마법의 시골집으로 여행을 온 느낌이 들었다.

음식 재료는 대부분을 텃밭에 가꾼 것으로 유기농 채소와 고기나 생선을 자기만의 방법으로 요리를 했다. 자기 집에 찾을 손님의 분위기에 맞추는 '밥 디자이너'라는 자부심에서인지 시종 경쾌한 웃음을 웃었다. 감성을 깨우는 능력이 돋보였다. 아니 타고난 감성의 소유자 같았다.

텃밭을 잠시 돌아보았다. 밭에 심은 방울토마토나 가지에도 튼실하게 잘 자라 달라는 부탁과 고맙다는 말을 천에다 수를 놓아 꼬리표를 달아 놓았다.

여러 음식 중에 '복숭아 어부바'라는 음식 이름에 웃었던 것 같다. 새로운 생각을 하며 그것을 이야기로 나누는 그녀는 혼자여도 외로워 보이지 않았다. 이웃들과 동화되어 지내야 한다는 말도 잊지 않았기 때문이다. 옛것을 귀하게 간직하며 추억하는 마음은, 생물이든 무생물이든 모든 것을 소중히 여기고 자연을 사랑하는 마음에서 비롯된 것이 아닐까.

새로 지은 아파트에 입주하는 사람들 가운데 인테리어가 자기 취향에 맞지 않는다고 새것을 몽땅 뜯어내어 버리는 세태가 어제오늘의 일이 아니다. 쉽게 버리는 사람들이 많은데, 쓸모가 없어보이는 물건에도 새 생명을 불어넣어 주는 마법을 보여주는 그녀를 만나고 돌아오는 발걸음이 가벼웠다. 어디선가 박하 향이 나는 것 같다. 그녀의 향기일까.

나에게 속삭인다

2월 초의 날씨는 조금은 쌀쌀했다. 친구들과 과천의 서울 대공원 호숫가 둘레길을 걸었다. 호수는 얼어 있었는데 자연이 주는 청량감으로 마음과 몸이 정화되는 것 같았다.

우리는 걸으면서 삶의 활력소가 되는 소중한 시간을 누릴 수 있어 행복하다고 말했다. 대공원 옆에서 살 때는 아이들과 종종 시간을 내서 자전거 타기도 하고 걸어서 자주 왔던 추억이 담긴 호수다.

자신의 마음을 말로 다 표현하며 사는 사람이 있을까. 그렇게 살아갈 수는 없다는 생각이 든다. 하고 싶은 말을 다 하고 나면 후회가 따르지 않던가. '마음 저장소' 하나 만들어두면 못한 말이

나 하고 싶은 말을 넣어 두었다가 꼭 필요할 때 꺼내 쓰면 될 것 같다. 실수를 줄일 수 있고, 상대에게 상처를 덜 주게 되어 좋다. 남이 나를 알아주지 않아 서운하고 때로 외로움을 느낀다면 '마음 저장소'에 들어가자. 나 스스로 칭찬해주며 용기를 주는 마음을 저장해두면 뿌듯해질 것 같아서다.

작년 봄, 아들의 자동차 접촉사고가 있었다. 남편은 자동차를 수리해서 쓰기를 바랐지만 아들네는 트라우마로 그 차를 쳐다보기도 싫다고 했고 타고 다닐 수도 없다고 했다. 양쪽의 생각이 이해되기도 했지만, 의견이 일치되지 않아 나는 중간에서 마음 고생을 했다. 아들과 남편도 마찬가지로 마음이 불편해 보였다. 남편의 뜻이 옳다고 해도 아들 식구의 입장을 존중하자는 목소리를 냈다. 우리에게 중요한 것은 어떤 상황에서도 서로를 이해하고 존중해 주는 마음이라 생각한다. 한동안 답답한 마음을 이 '마음 저장소'에 털어놓으면 덜 힘들곤 했다. 이곳이 내 영혼의 쉼터요 안식처다.

작가 중 글쓰기의 멘토라고 하는 소설가요 동화작가인 바바라 애버크롬비의 ≪인생을 글로 치유하는 법≫이라는 명작을 소개하는 지역방송을 들었다. 매일 쓰는 글이 자신을 어떻게 변화시키는지에 대해서, 자신감을 가지고 자신을 주제로 글을 쓰라고 역설한다. 보잘것없어 보이는 글에 자신을 가지라고, 마치 나에게 말해주는 것 같아서 귀를 기울여가며 메모를 해 두었다.

　1 실종된 자신감을 회복하라.

　2 자신을 주제로 써라.

　3 돌려 말하지 말고 명확하게 말하라.

　4 모조리 다 쓰라. 지금 생각난 것을 바로 써라.

　5 구름을 묘사하려면 서둘러라, 최초의 생각이 최고의 생각이다.

　6 나의 과거, 가족, 추억 등 기억에서 끄집어 글을 쓰라.

　7 죽을 때까지 현역으로 부지런히 일하라. 비평은 읽지 말라.

　친구들과 호숫가 둘레길을 걷던 날은 호수 전체가 얼음으로 변해있었다. 물이 오염된 것을 정화하고 생명을 살리는 생명수가 되듯이, 호수나 저수지의 물처럼 마음 저장소에 담아 두었던 마음을 꺼내서 친구들과 나누고 싶다. 인생을 글로 치유한다고 하니, 나도 칠십 인생을 모자란 글이지만 열심히 쓰면서 스스로를 치유하고 싶다. 일본의 100세 작가 시바타 도요의 ≪약해지지 마≫의 목소리가 들려온다.

　'약해지지 마. 이봉순!'

구멍

아흔여섯이신 시어머니께서 다섯 달 전에 이른 새벽에 혼자서 화장실에서 나오다가 넘어지셨다. 용변의 문제가 있어 기저귀를 채워드려도 답답해서인지 밤에 자주 나오곤 하셨다.

손목이 골절되고 고관절도 다치셨다. 이미 고관절 수술을 두 번이나 했었고, 이제는 고령이어서 수술은 또 할 수 없다는 게 의사의 말이다. 꼼짝을 못하고 누워만 계시게 되었는데, 아뿔싸 욕창이 생겼다.

욕창은 환자가 움직이지 못하고 두 시간 이상 같은 자세로 누워 있으면 엉덩이나 등에 생기는 피부질환이다. 걱정했던 일이 생긴 것이었다. 처음에는 인터넷에서 정보를 얻어 약을 주문해서 하루 두세 번 치료를 해드렸지만, 상처는 자꾸 깊어져 갔다. 쉽게 치료가 되지 않아서 가까운 피부과에 다니며 치료를 받았지만, 부쩍 더 상처가 깊어져 욕창 전문 성형외과에서 치료를 받고 있었다. 두어 달 병원 치료를 하면서 집에서도 의사의 지시대로 아침저녁으로 처치를 해드렸는데 큰 구멍은 메워지지 않고 대책이 없이 커진 채로 있었다. 통증을 느끼지 않아 많이 괴로워하지 않으신 것이 그나마 다행이었다. 그 욕창을 보니 내 마음에 뚫린 구멍 같기도 했다. 그 구멍에 언제나 살이 차오르려나.

시어머니께서 구 년 전에 알츠하이머 치매 판정을 받으셨는데 그 뒤에 억울한 말씀을 하시곤 해서 속앓이도 꽤 했다. 이제는 욕창으로 누워계시다 보니 지금은 측은지심이 앞선다. 요즘에는 모든 것을 내게 의지하고 요구하신다. 기력도 많이 약해졌고 잡수시겠다는 본능만 남으셔서 시도 때도 없이 밥을 달라고 하신다. 혼자 식사하기도 힘들어지셨고, 식사 후에 앉아 계시는 것도 힘에 부쳐 눕혀 달라고 재촉하신다.

사람이 세상에 태어나면 부모님과 친구나 배우자를 만나게 된다. 그들과 정을 나누며 살다가 언젠가는 반드시 헤어져야 하는 시간을 맞는다. 하지만 이별 준비는 거의 하지 않고 지내는 게 보통이다. 몇 달 전 어머니가 '석별의 정' 노래를 부르시는 게

이봉순_ 내 안의 초대

아닌가. 그때 어머니와 이별할 때가 오는구나, 라는 생각에 마음이 아팠다.

막상 이별을 생각하게 되니 어머니와 고부지간으로 지내 온 세월이 스쳐 갔다. 어머니께서는 이별을 예견하셔서 그 노래를 부르시는 걸까. 때로는 억울한 말씀으로 힘들게도 하셨지만, 몇 년 전에는 가끔 내게 고맙다는 표현을 하시며 '이보다 더 좋을 수가 있겠냐'는 말씀으로 내 마음을 알아주신 것에 감사했었다. 미운 정 고운 정이 켜켜이 쌓여 있다. 하지만 고운 정을 더 많이 추억하고 싶다.

욕창 상처 구멍이 다섯 달이나 지났는데 얼마나 치료가 될지 모르겠다. 어머니의 마음에도 구멍이 있을까. 요즘도 "나는 이대 나왔어!"를 반복하신다. 그 학벌이 어머니의 자랑인데, 나는 어머니의 눈높이에 만족스럽지 않은 며느리여서 자랑이 되어드리지 못했다. 그래서 생긴 당신의 빈 구멍을 채우지 못해, 며느리에게 넘겨주신 것인지도 모르겠다. 그동안 살면서 생긴 것도 있겠지만, 어머니께 다른 구멍이 더 있다 해도 나로서는 채워드릴 수 없는 일이 안타깝다.

시어머니는 신혼 초부터 어렵고 힘든 어른이셨다. 그때부터 들어앉은 구멍은 나 스스로 메워야 할 숙제이기도 하다. 내가 어릴 적에는 지금보다 더 추웠던 기억이 있다. 작은 틈으로 들어오는 바람의 세기는 창호지에 밥풀을 발라서라도 막아야 바람을 막을 수 있었다. 작은 것은 메우기가 쉽지만 커지면 그 또한 쉬운 일이 아니었다. 나이가 들고 보니 마음에 생긴 구멍도 받아들이고 넘기는 지혜가 생기는 것 같지만, 아직 마음의 수양이 더 필요하다.

그리고, 열흘 뒤 어머니께서 영영 우리 곁을 떠나셨다.

용해 할머니

사진 속 아리따운 소녀의 모습이 청순하고 곱다. 한 편의 영화 포스터를 보는 것 같기도 하다. 올해가 6·25가 일어난 지 칠십 년이 되는 해다. 해마다 유월에는 호국보훈의 달이어서 관심이 가던 중에, 나는 여든여섯 되신 심용해 할머니의 증언을 접하고 심한 충격을 받았다. 더 관심이 갔던 것은 집에 자주 놀러 오던 시어머니 어릴 적 친척 이름과 같아서였다.

그녀는 열여섯 살의 겁이 없고 배짱이 두둑했던 당찬 소녀였다. 전쟁이 나자 사람들이 엄청나게 죽어 나가는 것을 보면서 이대로는 안 되겠다 싶었다. "단 한 명이라도 죽이고 나도 죽자." 안 그러면 너무 억울할 것 같아서 어머니께 얘기도 안 하고 몰래

집을 나왔다. 어린 나이에 이런 애국심이 어떻게 생겨 엄청난 용기를 가지게 되었을까. 유관순 누나의 후예여서 그럴 수 있었을까.

인천 상륙작전이 끝나고 유엔군에서 미군 부대원에 자원했는데, 선발되어 에이전트 요원으로 훈련을 받았다. 지도 읽는 법과 포성이 울리면 무조건 엎드려야 한다는 것 외에는 배운 게 없었다. 그야말로 자기 몸만을 무기 삼아야만 했다. 적지에 죽으라고 내보내는 게 아니라면 어떻게 이럴 수가 있을까. 자기를 방어할 아무것도 지니지 않고 식량도 없이 그저 빈 몸으로….

일주일 훈련을 받고 무명 저고리에 치마를 입고 피란민으로 위장해 적진에 들어가 부대가 있는 위치, 포탄을 얼마나 어디에 쌓아 두었는지 전차는 어디에 배치돼 있는지 등을 외워 오는 '인간 지도' 임무를 수행해야 했다. '인간 지도'라니. 내겐 이 단어가 생소하다 못해 온몸이 저릿했다. 그녀의 임무가 인민군 부대와 전차의 위치를 다 외워 연합군 사령 정보 참모부 예하 첩보부대인 '켈로부대'에 보고해야 하는 사선을 넘나드는 일이었다.

식량도 지니지 않은 채 산나물을 뜯어 먹고 신발에 빗물을 받아먹으면서 그 임무를 수행해야 했다는 것이다. 굶는 것을 반복하다 보니 위장병인들 비켜 갔겠나. 약을 쓰기는커녕 그냥 배고

픔이나 통증을 견디는 방법밖에는 아무것도 없었다.

그런데 그것보다 더 힘들었던 것이 살아서 부대로 복귀하는 것이었다. 총탄과 지뢰밭을 피하며 철조망을 건너오다 이가 두 개나 없어지고 팔도 부러지고 갈빗대도 다쳤다. 그러나 그보다 더 무서웠던 것은 아군의 폭격이었다고 한다. 그 심정이 어떠했을까 나는 짐작도 되지 않는다.

우리나라가 이만큼 잘 살고 있는 것이 이분들의 희생이 없었다면 가능한 일이었을까. 한번은 중공군에게 잡혀 소나무에 매달고 대검으로 위협하니, 이 소녀는 억울하다고 소리만 질러댔다고 한다. 그러다가 경계가 느슨한 틈을 타서 보름 만에 탈출했단다. 그러면서도 방공호 위치를 눈으로 익혀 뒀다가 보고하는 임무에 충실했다니 살신성인의 정신이라 할만하다. 인민군에게 잡히지 않은 것이 천만다행이었다. 그들에게는 잡히면 무조건 총살이었을 것이라며 살아남은 것을 행운으로 받아들이는 용해 할머니. 그 어려운 상황에서도 삶에 대한 긍정심은 잃지 않으셨다. 존경심이 절로 든다.

마지막으로 투입된 것은 정전회담 막바지 즈음에 임진강을 건너 황해도에 다녀오는 것인데, 강에서 한참 떠내려가다 치마가 바위에 걸려 겨우 살아난 적도 있었다. 투입된 육천여 명이 대부분 희생되고 겨우 백여 명이 살아남았다. 죽은 사람의 수를 헤아리기 힘들 정도였으니, 살아남았지만 사는 것이 얼마나 힘들었을지 상상하기도 어렵다.

밤마다 자리에 누우면 죽은 사람 얼굴이 떠올라 수면제 없이는 잠을 잘 수 없다고 했다. 한평생을 그렇게 살았으니 평생을 고통 속에서 살았다고 해야 할 것이다. 연세가 많은데 얼마 전에 큰 수술도 받으셨다고 한다. 앞으로 여생을 건강하게 지내시기만을 바라는 간절한 마음이다.

칠십여 해가 지난 지금 우리는 그들을 위해 무엇을 했을까. 애국심 하나로 나라를 위해 자기 목숨을 바쳤지만, 국가에서 전사자나 순직자로도 인정을 받지 못했다니 화가 나고 부끄러움을 감출 수가 없다. 용해 할머니를 비롯해 수많은 애국 영령들께 엎드려 용서를 구하고 싶다. 전쟁 중에도 보급품만 받았을 뿐 급여는 한 푼도 받지 않았다. 그 후에 상이용사와 결혼해서 참전용사 부부로 사셨으며, 남편을 몇 해 전에 대전 현충원에 모셨다고 한다. 지금도 나라를 지킨 자부심으로 사신다고 한다.

요즘 청소년들은 나라를 생각하며 자기를 희생하는 경우는 별로 없는 듯하다. 유관순 열사나 용해 할머니와 같은 훌륭한 선조들 덕으로 이만큼 편안히 살고 있는 것이 아니겠는가. 한참 감수성에 충실하여 친구나 외모에 관심이 많은 나이 16세. 그 나이에 용해 할머니는 정의로움에 나라를 구하기 위해 발을 벗고 나섰다. 그런 상황에서 나라면 과연 할머니처럼 용기 있게, 나라를 위해서 내 생명을 그렇게 내놓을 수 있었을까. 머리로는 생각할 수 있지만, 실제로는 이기적인 마음이 앞서서 쉽지 않을 것이다. 부모님께 알리지도 않은 채 결행해야 했던 그 용기와 결단에 할 말을 잊었다.

나는 그 나이에 장학금을 타서 어머니가 학비 걱정하시는 것을 조금이라도 덜어드리기 위해 공부를 잘하고 싶었을 뿐이다. 그동안 그분들의 희생 덕에 편안하게 지내 왔으며, 지금도 그렇게 살고 있으며 그분들의 숭고한 희생 앞에 머리 숙여 감사를 드릴 뿐이다.

심용해 할머니, 당신은 우리의 진정한 영웅이십니다!

비, 울렁거리다

밤새도록 장맛비가 세차게 내렸다.

봄부터 메말라 있던 대지를 적셔 주려고 그렇게 퍼부었나 보다. 저녁에 산책하면서 보니까 말라 있던 계곡에 물이 유유히 흐른다. 아마 일찍 나왔더라면 좀 더 세차게 흐르는 물을 보았을 것이다. 오랜만에 듣는 계곡의 물 흐르는 소리가 나를 위로해 주고 앞으로 나아갈 힘을 주는 것 같다.

이상하게도 비를 마주하니 가슴이 울렁거린다. 장맛비가 내리는 며칠만이라도 나만의 공간에서 차를 마시며 여유롭게 비를 음미하고 싶다. 빗소리를 즐기는 것이 누군가에게는 시를 즐기고 음악을 듣고 영화를 보는 시간이 되겠지만, 내겐 그런 여건이 되지 않는다. 그래서 마음이 울렁거리는가. 큰 것을 바라는 게 아니고 긴장을 놓을 수만 있어도 마음이 조금 가라앉을지도 모르는데….

비는 생명에 활기를 주고 오염된 마음과 대지를 청소하는 청량제가 되기도 하지만 너무 많이 내리면 우리 삶에 해를 끼치기도 한다.

어젯밤 내리는 빗소리를 들으면서 초심을 잃고 이기적으로 변해가는 내 마음도 씻겨져 깨끗해졌으면 좋겠다고 생각했다. 사실 내 안의 욕망이 마음대로 조절되지 않아서 사는 게 힘겹다. 포기도 대안이 될 수 있을 텐데 울렁거리는 마음이 잠재워지지 않으니 포기가 쉽지 않은 모양이다. 나이가 들어가면 나의 욕망도 희미해질까. 아직은 좀 더 시간이 필요한 것 같다. 이 모든 번뇌도 욕망도 결국 다 지나갈 것이다. 내리는 저 빗줄기처럼.

나는 왜 비를 보면서 울렁거렸을까. 빗물이 흐르는 모습에 마음이 오버 랩이라도 되었던 것일까. 아마도 내 삶에 멀미가 나는 게 아닐까. 아니다. 내 마음이 울렁거리는 건 단지 무심하게 내리는 비 때문일 뿐 다른 이유는 없다.

나, 하나쯤이야

형형색색의 꽃들과 튤립이 눈길을 사로잡았다. 일찍 피어난 수수꽃다리의 향기와 한가롭게 거니는 사람들과 재잘거리는 아이들을 보면서, 남편과 나는 서울 숲에서 모처럼 오붓한 시간을 보냈다.

결혼 후 대식구가 한집에서 살다가 시누이들은 오래전에 결혼해서 나갔고 두 아들도 결혼해서 독립했다. 십여 년 전에 시아버님이 돌아가셨고, 시어머니와 남편과 세 식구가 살았는데 지난 이월에 어머니마저 우리 곁을 떠나셨다. 그 많던 식구들 다 떠나고 둘만 남게 되었다.

이제 우리에게 남겨진 시간을 정원을 가꾸듯 살아야 하는데, 아직은 막연하기만 하다. 자연에 순응하며 지내는 삶을 살아 보고 싶은데 용기가 없다. 지인이 정원 가꾸기를 배우더니 시골살기를 하려고 횡성에 자리 잡고 텃밭과 정원 가꾸기에 푹 빠져 지내고 있다. 나이 들어 자연과 벗하며 여유로운 시간을 보내는 그들의 결단력에 박수를 보낸다. 칠순을 넘기고도 왕성하게 어린이집 운영을 해오면서 봉사도 오래 해왔지만, 모든 것을 내려놓으니 마음이 여유롭고 편하다고 한다. 더 일찍 결단하지 못한 것을 후회했다.

노년의 여유랄까. 사람을 만나기 위해 흰머리나 옷차림에도 신경을 쓰지 않고, 자연스럽게 나이 듦을 받아들이며 자연으로의 회귀하는 모습이다. 새싹 하나 움트는 순간에 환희를 느끼며 꽃 한 송이가 피어날 때 행복해한다.

모든 식물은 꽃이 피고 열매를 맺는 시기가 있다. 어느 해에 비해 올봄에는 꽃들이 순서도 없이 한꺼번에 만개하여 볼거리가 풍성하다. 하지만 마냥 봄날을 즐길 수만 없는 심정이다. 지구의 온난화나 살충제 과다 사용 등으로 여러 이유로 생태계에 교란이 온 것 같다. 자연의 이치가 서로 돕고 상생하며 살다 사라지고, 새 생명으로의 교체가 되는 순환이 자연스러운 것일 텐데. 요즘에는 뭔가 문제가 심각해 보인다.

만물의 영장이라는 인간들이 자연을 병들게 했다고 할 수 있다. 우리 모두 공범이라는 생각이 든다. 서둘러 대책을 세워 작은 것 하나부터 지구를 살리는 노력을 해야 할 것 같다. 바다에도 버려진 플라스틱으로 바다의 물고기가 죽어가고 있듯이, 벌도 사라져 과수를 경작하는 농부들의 시름이 적지 않다.

남한산성 가까이 살고 있다. 몇 해 전까지만 해도 남한산성에 오를 때면 벌들이 웅웅 내 주위를 날아다녀서 벌에 쏘일까 봐 조심했었다. 작년부터 특히 올봄에는 벌을 전혀 볼 수가 없다. 아파트 마당 정원에도 산수유, 매화, 앵두나무에는 열매가 거의 없다. 꽃은 조금 피었으나 가을에 빨갛게 익은 산수유 열매나 매실도 볼 수 없을 것 같아 안타깝다.

얼마 전에 환경운동가로 나선 인도네시아의 열두 살 니나는 폐플라스틱의 폐해(弊害)를 알리기 위해 어린이답지 않게 용기 있게 나섰다. 동남아에서는 우리나라를 비롯해 선진국에서 폐플라스틱을 값싸게 수입해 땔감으로 쓰고 있다. 그 과정에 발생하는 공해를 국제사회에 고발하는 캠페인을 벌이고 있다. 용기 있게 나선 어린 니나처럼 선구적인 활동은 못하더라도, 자연을 지키기 위해 '아나바다 운동'의 작은 것부터 실천해야겠다. 물건 하나를 사기전에 꼭 필요한지, 여러 번 생각해 보고 사려고 한다.

플라스틱 일회용 용기나 합성세제를 사용하지 않으려는 주부들의 부단한 노력도 필요하다. 전기나 물도 아껴 써야 하고 '나, 하나쯤이야. 이번만'이라는 구실은 부끄러운 일이다. 팬데믹으로 플라스틱 일회용기의 사용이 급증해 분리 수거할 때마다 경악을 금할 수 없다. 쓰레기를 줄이기 위해 우리 모두 나서야 한다. 나이가 들어 좋은 점이 웬만하면 옷이나 물건도 그냥 옛것으로 입거나 사용해도 마음이 편하다. 요즘 아들네나 주변에서는 '당근 마켓'에서 사용하던 물건을 필요한 당사자들끼리 사거나 팔기도 하는데, 긍정적으로 보인다.

건강한 자연에서 힘을 얻어야 인간은 건강히 살 수 있다. 모든 생물과 공유하는 세상을 더는 훼손해서는 안 될 것이며 미룰 수 없는 일이다. 나이 든 우리는 조금 살다가 떠나가겠지만 후대를 생각하면 걱정이 앞선다. 기회가 되면 한가해진 시간을 남편과 함께 할 수 있는 자연봉사대가 있다면 도전해봐야겠다.

'나, 하나쯤이야'라는 생각을 떨치고 '나'부터 제대로 해야겠다. 용기를 가져온 사람에게는 물건을 살 때 혜택을 주는 것도 좋은 방법이 된다. 갈비탕도 모두 포장을 한 채로 팔고 있어 편리할 때도 있지만, 이제는 불편함도 감내해야 할 때가 아닌가 한다. 온 세상이 쓰레기로 덮이는 악몽을 꾼 적이 있다. 이 악몽이 현실과 겹쳐져 두려운 마음이 든다.

2 ─ 오후의 대화

그녀가 문을 열고 들어왔다

그녀의 첫인상이 좋았다. 웃는 표정에 정감이 갔던 게 아닌가 한다. 하회탈 같은 미소에 목소리도 쾌활하고 시원시원해서 느낌이 좋았다. 그녀는 매일 아침 환하게 웃으며 우리 집으로 출근했다.

치매를 앓고 계신 데다가 고관절 수술을 하시고는 거동이 어려우신 시어머니를 두 해 동안 나 혼자서 돌보는 일이 무척 힘이 들었다. 시어머니께서 장기요양등급을 받고부터는 우리 집에 와서 시어머니를 돌보며 함께 의논하였던 그녀는 요양보호사다.

그녀가 아침저녁으로 우리 집에 드나들다 보니 형제보다 우리 집 사정을 잘 알게 되었다. 어려운 일이 생기면 서로 걱정해주며 가족처럼 지내고 있어 든든했고 서로 의지했다. 입맛도 우리와 비슷해 도토리묵, 부침개 등 음식을 나누어 먹을 때에 가족처럼 편해서인지 막내 여동생 같은 마음이 들곤 했다.

그녀의 직장은 바로 우리 집이었다. 칠 년간 우리 집으로 출근해서 환하고 따뜻한 빛으로 비춰주었다. 장기근속자요, 최우수 사원이며 능력자로 어느새 시어머니와 나의 속내를 금방 알아차릴 정도가 되었다. 전문 직장인처럼 아플 때도 내색을 하지 않았다. 나중에 알게 된 뒤에 안쓰러운 마음이 들곤 했다.

그녀가 처음 우리 집으로 출근할 때는 사십 대 초반이었는데 벌써 쉰이다. 그때는 중학생 딸과 초등학생 아들이었던 자녀들이 이제는 딸은 유명 제약회사에 당당히 취업했고 아들은 고등학생이다. 오전에는 우리 집으로 출근하고, 오후에는 다른 어르신을 돌보는 일을 했다. 게다가 신앙인으로서 믿음 생활도 성실하여 여유를 부리는 요즘의 중년 여인 같지 않았다.

코로나 시대에 혼자 사는 사람들의 사망자가 작년 한 해 삼천 명이 넘었다고 한다. 대부분 노인이다. 노인들은 밤이나 새벽에 사고가 생기는 경우가 대부분인데, 가족의 도움을 받을 수 없는 독거노인의 경우에는 좀 더 문제가 많아 보인다. 평균수명이 길어졌다고 고령화 시대라고 한다. 하지만 좋은 일만은 아닌 것 같다. 건강한 노년이라면 괜찮지만, 병이 깊거나 치매를 오랫동안 앓는 부모를 한 사람이 감당하는 것은 매우 버거운 일이다. 그래서 노인 요양보호사나 주간보호센터를 이용하는 등 노인을 돌보는 제도가 장수 시대에 어른을 모시는 가정에 큰 도움이 되고 있다.

　요양보호사들은 근무시간 중에 음식을 먹어서는 안 된다는 규정이 있다. 문제가 생길 가능성을 미리 막고자 하는 뜻은 알겠지만, 우리의 정서로는 규정을 지킬 수 없는 경우가 벌어진다. 그녀와 나는 규정에 답답하던 심정을 이야기하며 지혜를 모으기도 했고 차와 음식도 나누곤 했다. 매일 웃을 일만 있는 것이 아닌 게 인생살이인데 그녀는 항상 미소를 지었다. 웃을 일이 없던 나도 덩달아 웃게 되었다. 때로는 나이 든 나보다 내공이 있어 보이기까지 했다.

　재작년 여름에 남편이 갑자기 당한 사고로 입원하게 되었다. 시어머니 걱정을 하던 내게 자기 가족의 일처럼 걱정하지 말라며, 걱정하는 나를 안심시켜주어 많은 위로와 힘이 되었다. 그때 그녀가 나의 '우군'이라는 생각이 들었다. 때론 식구보다 더 가까운 친구 같았다. 좋은 친구처럼 마음을 서로 나누고 정신적 위로를 주며 가슴속 비밀을 이야기하는 사이가 되었으니까. 좋은 인연을 맺게 되어 시어머니 모시는 일이 한결 수월했다. 그녀의 남편이 하는 사업이 잘 되길 기원하며, 앞으로도 인연을 이어가려고 한다.

치매를 앓으시는 시어머니께서 사람을 의심하고 역정과 짜증을 내시고 또 씻지 않으려고 고집을 부리실 때도 있었다. 그럴 때면 어르고 달래며 인내심을 가지고 친절하게 대하는 태도에서 진솔함이 묻어났다. 그녀의 도움이 없었다면 시어머니를 끝까지 잘 모실 수 있었을까. 우리의 인연이 어디까지일지 모르는 일이었지만, 시어머니께서 생이 다하실 때까지 함께했으면 좋겠다고 알 수 없는 욕심을 부리기도 했다.

함께 한 칠 년이라는 짧지 않은 세월 동안 숱한 일들이 있었지만, 힘든 일을 하면서도 웃음을 잃지 않는 환한 그녀의 미소를 닮고 싶었다.

어느 날 시어머니께서는 홀연히 우리 곁을 떠나셨다. 나의 우군이었던 그녀도 우리 집을 떠났다. 또 어느 누군가의 집 문을 열고 들어갈 그녀를 상상한다.

제비집을 엿보다

새소리가 유난히 청아하다. 한 마리가 아닌 듯한데, 가만 귀기울여보니 어린 새들의 소리 같다. 여기저기 돌아보다가 우리가 차를 마시려고 앉아 있는 카페의 처마 밑에 새 둥지가 있는 게 아닌가.

모처럼 자매들끼리 여주에 사시는 친정 막내 이모님을 뵙고 나와서 카페에 들렀다. 바깥 공기가 좋아 원탁에 둘러앉아서 차를 주문하려고 하려다가 새소리에 이끌리게 된 것이다.

제비집에서 새끼 제비들이 노란 주둥이를 내밀며 어미가 건네주는 먹이를 서로 먼저 먹으려고 아우성들이다. 오랜만에 보는 정겨운 모습이 우리 마음을 순수하던 유년 시절로 데려간다. 우

이봉순_ 내 안의 초대

리가 신기해서 다가서면 어미는 달아나서 주위를 빙빙 돌며 가까이 오지 않고, 우리가 뒤로 물러나면 어디서 나타났는지 쏜살같이 제 새끼 입에 먹이를 넣어주고는 달아나곤 한다. 새끼들이 어미가 먹이를 가지고 올 거라는 믿음과 기대로 노란 주둥이를 힘껏 벌리고 '짹짹'하며 엄마 제비를 기다리는 모습에 우리는 한껏 즐거웠다.

새끼 제비의 모습을 보면서, 오래전 시집살이를 하면서 연년생으로 태어난 두 아이를 키우던 생각이 났다. 버거운 일도 있었지만, 핑크빛의 앙증맞은 입을 벌리고 내가 주는 것을 받아먹던 모습이 얼마나 사랑스러웠던가. 매번 가슴이 벅찼던 나는 '아가야, 잘 자라라'라고 기도하는 마음이었던 것 같다.

어릴 때 일자형의 우리 집에도 제비가 집을 짓고 살았던 기억이 가물거리지만, 제비가 강남 간 사이에는 텃새인 참새가 늘 우리와 함께 살았다. 빨랫줄에 앉아 있던 모습도 참으로 정겨웠다. 그래서인지 참새가 다른 새보다 더 친숙하다. '참새가 방앗간을 그냥 못 지나간다'는 뜻을 모를 때부터 나는 작지만 재빠르게 날아다니는 참새가 앙증맞기도 하고 정감이 가서 참 좋았다. 지금보다는 개체 수가 많기도 했던 것 같다. 시할아버지께서 고기를 좋아하지 않았던, 어린 손자인 남편에게 참새를 잡아 숯불에 바싹 구워서 먹이셨다고 들었다.

오늘 만난 어미 제비처럼 나의 부모님도 우리를 키우셨을 것이다. 어미 제비가 부지런히 새끼에게 먹이를 날라주는 모습이 참 아름답고 숭고하게 보인다. 오늘 제비 가족을 엿보다가 오래전의 추억이 떠오른다. 모처럼 이모님을 뵈어서일까. 오늘따라 부모님이 키워주신 은혜가 생각나고 감사의 마음이 부풀어 오른다.

내 안의 초대

사람은 무엇을 할 때 몰입이 되고 즐거울까. 자신이 좋아하는 것을 할 때가 아닐까. 하지만 좋아한다고 해서 늘 할 수 있는 것은 아니다. 정해진 시간에 무언가를 하기가 쉽지 않고, 시간을 많이 할애하기도 어렵다.

언젠가부터 '간헐적 몰입'이란 말에 관심이 생겼다. 사업가 이본 쉬나드가 어려서부터 했다는 바로 이 '간헐적 몰입'을 나도 한 가지 정도는 실천해 보고 싶어졌다.

그 실천으로 나는 3년 전부터 시작한 중국어 공부가 즐겁다. 그 시간만큼은 몰입이 되고 힐링도 된다. 말하기나 듣기 시간에는 긴장을 하지만, 적당한 긴장이야말로 나를 발전시키는 시간이 된다. 말하기보다는 쓰고 복습하는 시간에 몰입이 잘 되는 것 같다. 사실 언어는 말하기가 우선인데 발표할 때마다 떨린다. 어떤 대상에게 몰입하는 일은 그에 관한 관심과 열정이 있어야 할 일이다. 아직은 자신감이 없을 때가 많다. 시간이 흐를수록 조금씩 실력이 쌓이고 나아지겠지, 나 자신을 위로한다.

미국에서 태어났지만 퀘벡 출신 프랑스계인 이본 쉬나드는 어린 시절에 영어를 할 줄 몰라 놀림을 받기도 했던 외톨이였다. 하지만 그는 자전거로 10Km 넘는 바다까지 가서, 낚시하고 산에서는 토끼 사냥을 하며, 자연에서 자신을 승화시켜 나갔다. 짧은 시간에 관심 있는 것에 집중하는 '간헐적 몰입'을 생활화한다. 놀림을 받던 그는 소년의 승리를 이루었을 뿐만 아니라 세계적인 아웃도어의 브랜드 '파타고니아'의 창업자가 되었다.

나는 지금 수필 창작반에서 공부하고 있다. 글을 잘 쓰는 작가들은 창작의 기쁨과 희열을 느낀다고 한다. 실력이 부족한 나로서는 글 쓰는 일이 아직은 부담이 되고, 먼 나라의 이야기처럼 들린다. 무엇보다도 창작이란 게 어려운 세계이다. 잘 쓰고 싶은 마음에 때로는 스트레스를 받기도 한다. 하지만 '시작이 반이다.'라는 말도 있듯이 성실하게 읽고 쓰다 보면, 내게도 기쁨과 희열을 느낄 수 있는 때가 올 것이다.

우선 수필을 쓰려는 열망을 내 안에 초대해야 하고, 사물이나 주변에 대한 애정과 사유가 깊어져야 그 길이 보이리라. 간헐적 몰입을 조금씩 실천하고, 몰입의 시간을 자주 갖는다면 힐링도 되고 그 순간을 즐기게 될 것이다. 과연 나는 무엇을 원하는지, 무엇을 지키고 싶은지에 대한 질문에는 아직도 대답이 궁색하지만, 드러내서 말할 수 없으니 더 깊이 성찰해 보아야 할까. 성찰도 시간이 필요하다. 드문드문이라도 사유의 시간을 마련해 글로 이어지는 길을 내고 싶다.

오후의 대화

지하철역 입구에 칠, 팔십쯤 되어 보이는 남자 몇 사람이 앉아 있다. 지팡이와 겨울용 누빈 바지 차림에 둘러맨 작은 백과 모 백화점의 로고가 흐릿해진 헝겊 가방에서 신문을 꺼내 펼쳐 보고 있는 노인이 있다.

약속 시간 십오 분 전에 도착해 아무리 둘러봐도 그분의 모습이 보이질 않는다. 늦으실 분이 아니지만 연세가 드셨고 무슨 사정이 있어 늦으실 수도 있으려니 하며 이쪽저쪽을 두리번거렸다. 약속 시간이 지나자 전화를 누르려다 말고, 잠시만 더 기다려 보자고 생각을 했다. 앞에서 신문을 보고 있는 그 노인을 바라보면서도 나의 눈길은 다른 쪽으로 향했다.

이봉순_ 내 안의 초대

"혹시 이 여사님이신가요?" 건너편에서 신문을 보고 있던, 그 노인이 어느 틈에 내 앞에 와서 말을 건넨다.

"어머나, P 선생님이셨군요."

목소리는 분명 P 선생님이셨다. 조금 전까지 예전의 선생님과 노인을 겹쳐보면서 설마 아니겠지 생각했는데…. 속으로 조금 놀랐다. 당신 제자가 칠십이 되었을 텐데 생각하며 내가 젊어 보여서 차마 실례가 될까 해서 물어보기를 망설이셨다고 한다. 모자와 마스크 때문에 서로 알아보기가 더 어려웠고, 지팡이에 시장 가방까지 들고 계셔서 나는 더 알아차리지 못했던 것 같다.

P 선생님은 중1 때와 고3 때 두 번이나 나의 담임이셨는데 과학, 물상을 가르치셨다. 중학교 일학년 때 방과 후에 매일 영어 단어 시험 결과에 따라 체벌을 주셨다. 손바닥을 틀린 수만큼 맞거나 화장실 청소를 해야 했다. 알파벳도 모르고 입학했던 나는 선생님의 열정에 부응하려고 공부를 열심히 했다. 중 2학년 때 새로 생긴 장학생으로 선발이 되었으니 그 고마움을 잊을 수 없다. 그때는 등록금이 미납된 친구들을 집으로 돌려보내던 시절이었다.

지인 결혼식에서 뵌 적은 있었지만, 더 늦기 전에 선생님께 대한 내 마음을 전하며 고마움에 보답하기 위해서 드디어 이렇게 용기를 냈다. 맛난 것을 대접해 드리고 싶다고 했더니, 집에서 매콤한 것을 먹지 못하니까 "너한테 낙지볶음 먹자고 하려고 했어." 하셨다. 마침 수산물 센터가 앞에 있어서 잘할 것 같은 식당을 찾아서 들어갔다. 치아는 괜찮으시냐고 여쭈었더니 괜찮다고 하셨다. 낙지가 연하고 매운맛도 적당해서 수저에 계속 올려드렸다. "연하고 맛있어."하며 잘 잡수셨다. 소박한 음식에도 이렇게 좋아하시는 것을….

커피도 좋아하신다고 해서 카페로 자리를 옮겼다. '치매 어른을 모시고 있으면서 어려운 시간을 내줘서 고맙다. 집에서 모시기 어려울 텐데, 애쓴다'라고 격려해 주셨다. 커피를 정말 좋아하시는지 한 잔 다 드시고도 내 잔의 커피까지도 다 비우셨다.

준비해 간 사모님 머플러와 작은 봉투를 내밀며 늦게 찾아뵈어 죄송하다고 말씀드렸더니, 찾아와 주어 고맙다고 말씀하셨다. 예전의 엄격하던 선생님이 아니고 친정아버지 같은 생각에 가슴이 찡해 왔다.

P 선생님의 연세가 미수, 여든아홉인 사모님이 거동이 불편하셔, 집안 살림을 당신이 도맡아서 하신 지 몇 해가 되었다. 들고 계시던 헝겊 가방이 장을 보는 가방이란다. 반찬을 잘 만들지 못해서 주로 식품점에서 사다가 드신다고 하며, 예전부터 드시

던 음식에 익숙해 식비가 꽤 든다고 하셨다. 하루도 빼지 않고 민어를 구워 사모님께 드리며, 유명한 식당에서 다진 숯불고기를 사다 드린다는 선생님께 더욱 존경스러운 마음이 들었다.

사모님이 매운 음식을 못 드셔서, 양배추 초절임은 집에서 손수 만드는데 어렵지는 않다고 하셨다. 당신 아들에게도 나이 들었을 때를 대비해서 요리에 관심을 가지면 좋을 거라고 했더니, 요리를 배워서 가끔 맛있고 특별한 요리를 해준다고 아들 자랑을 하며 흐뭇한 표정을 지으셨다.

더욱 놀란 것은 오후에는 생선회 택배 아르바이트도 한다며 노익장을 과시하셨다. 연세 많으신데 무리 되는 일이라고 말씀드렸다. 의사가 육천 보 정도 무릎에 좋다고 걸으라고 해서 그냥 걷기만 하다가, 마침 이웃에서 아르바이트 자리를 알려줘서 서울의 이곳저곳 구경하면서 일하니 오히려 좋다고 하셨다. 쉽지 않은 결단을 내린 용기를 낼 수 있는 선생님께 박수를 보내드리고 싶지만, 한편 걱정이 앞선다. 가끔 연세 지긋하신 택배 아저씨를 대할 때면 송구한 마음이 들 때가 있었는데, 지팡이를 짚고 다니셔야 하니 마음이 더 짠했다.

아르바이트와 살림하느라 바쁘다고 유쾌하게 말씀을 하셨지만 나는 속으로 연금만으로는 생활하기에 부족하신가 아르바이트 수입이 도움이 되시는 걸까 생각하며 추워지면 걱정이 된다고 말씀드렸다. 조심할 테니 걱정하지 말라고 오히려 나를 안심시켜주셨다. 사모님께서는 늘 선생님이 자기를 살린다고 고마워한다며 "내가 힘 더 떨어지면 함께 요양시설에 가야지." 하셨다. 선생님의 성품으로는 자식들에게 부담을 주지 않으려 하실 것이다.

노년의 쓸쓸한 저녁 해를 바라보는 마음이 착잡하지만, 생로병사를 어찌 막을 수 있으랴. 아내를 사랑하는 노년의 아름다운 순애보에 마음이 젖어온다.

괜찮아

≪괜찮아, 분명 다 잘될 거야!≫ 의 저자 '사이토 히토리'는 학력이 중학교 졸업이다. 일본의 최고 부자이며 성공한 사업가요, 3대 경영 사상가인데 얼굴이 알려지는 것을 원치 않는 괴짜 사업가다. 매력이 있는 작가이기도 하다. 책에서 그는 모든 것 어떤 상황에서도 괜찮다고 생각하는 것이 '진정한 깨달음'이라고 썼다.

그는 어떻게 이런 깨달음을 얻게 되었을까, 책에는 그저 모든 상황이 좋아지는 쪽으로 바뀔 것으로 생각한다는 내용이 대부분이었다. 매 순간 부정적인 상황을 긍정의 생각으로 바꾸려는 노력의 결과로 성공자의 대열에 이르렀다는 것이다. 쉬운 일은 분명 아닐 것이다. 존경심이 저절로 우러나온다. 어려운 상황을 긍정적인 생각으로 바꾸려는 노력을 적극적으로 하고 마음까지 다스려 좋은 결과로 얻어낸 게 아니었을까.

작가는 자신을 격려해 주고 칭찬하면서, 자신을 칭찬할 수 없는 사람은 남도 칭찬하지 못한다고 한다. 앞으로는 '너 참 잘하고 있는 거야'라고 상대뿐만 아니라 나 자신에게도 격려와 칭찬을 해 줘서 자존감을 높여주어야겠다. 내 영혼이 풍성해져야 그것이 다른 이에게 선한 영향력으로 흘러가지 않을까.

위로의 말로 익히 들어 알고 있는 '괜찮아, 다 잘 될 거야!'는 자주 사용하는 두 마디지만 진심을 담아 말하면 힘이 있는 말이 된다. 힘든 상황을 바꿀 만큼의 힘이 생긴다는 것이다. 어려운 말을 해야만 그 말에 힘이 있는 것은 아니다.

사이토 히토리는 분명 매력의 소유자요, 긍정의 아이콘이라 할 수 있다. 특히 어려운 일이 있을 때 매 순간 '잘 될 거야'라는 암시를 나 자신에게 해준다면, 어려움을 이겨내는 힘이 생기게 된다는 것이리라.

결혼하지 않은 딸의 암 수술을 앞둔 친구에게 '함께 기도하자, 잘 될 거야' 사업을 하다 파산을 한 친구 아들에게도 '조금씩 힘을 내자' 장사가 잘되지 않아 애타는 상인에게 '힘내세요' 어려운 시간을 지나고 있는 사람에게 '기운을 내세요'라고 진심을 담아 전하는 격려의 말은 분명 힘을 가진다.

누군가와 긍정적인 마음을 나누려면 나 자신부터 인정하고 사랑하는 그런 마음이 '먼저'라고 말하는 사이토 히토리에게서 힘을 얻는다.

나이가 지나간다

    큰일이 난 것도 아닌데, 심장이 마구 널을 뛰고 있다. 마음도 안정에서 멀리 달아난다. 얼마 전에 가슴이 너무 뛰어 병원에 다녀온 적이 있다. 의사는 큰 문제는 아니라고 말했고 그럴 때 먹을 약 처방을 받았었다. 스트레스 때문에 그런 것 같다고 해서 어쩔 수 없어 무심하게 지내던 중이었다.

    그러다가 당뇨 전 단계라는 연락을 받고 심장이 그렇게 뛰는 것이었다. 암이나 코로나 등 힘든 상황에 있는 사람들은 헛웃음을 웃을 일이다. 병이라는 진단을 받은 것도 아닌데 말이다. 시어머니께서 당뇨로 사십여 년 지내시는 것을 지켜보아 왔고, 힘든 과정을 충분히 알고 있기 때문이다. 십여 년 동안 어머니의 당뇨 합병증을 걱정해 인슐린 펌프라는 것을 착용하시게 해서, 5일마다 교체하는 일을 계속해 왔다.

나의 친정에는 당뇨를 겪는 가족이 전혀 없으니 내가 받은 충격이 컸던 것 같다. 몇 시간을 멍하니 있다가 이만큼이라도 건강한 것에 감사해야 한다는 생각이 들었다. 당뇨는 유전인 것을 알고 있어서 십여 년 전부터 잡곡밥을 유난히 싫어하는 남편의 섭생에 주의를 기울여 왔다. 스트레스가 건강에 나쁘다고 하지만 찬찬히 들여다보면 내가 운동을 게을리했던 것이 이유가 될 수도 있겠다. 육십 중반을 넘으면서 큰 문제는 없었지만, 그래도 눈과 팔, 귀와 무릎에서 나이가 지나가는 소리를 내고 있다.

아직 전 단계이지만 관리를 하지 않는다면 얼마 지나지 않아서 당뇨를 안고 살아야 한다. 늘 혈당 검사를 해야 하고 식이요법과 운동은 필수지만, 얼마 후에는 조절이 되지 않아 병원에 입원과 퇴원을 반복하게 되기도 한다. 그동안 어머니의 당뇨병 수발을 들면서 내게 트라우마가 생긴 게 아닐까. 그래서 심장이 그렇게 널을 뛰는 게 아니었을까.

나는 바로 당과 '거리두기'를 시작했다. 아침저녁으로 운동을 시작했다. 남편에게 때로는 설거지를 부탁하고 혼자 걷기 시작했다. 보폭을 크게 하고 팔을 앞뒤로 흔들며 빠른 걸음으로 삼사십 분 정도를 힘차게 걸었다. 안 보이던 풀과 꽃, 새소리도 들으며 내 몸과 마음이 건강해지는 느낌이 들었다. 나쁜 일이 꼭 나쁘지만 않다는 교훈을 배운다. 육 개월 꾸준하게 운동하니 혈당이 정상을 유지하는 게 아닌가. 나는 주로 나물 종류를 좋아하고 육식은 그다지 즐기지 않았으나, 단백질이 부족해지면 건강에 해롭다고 해서 음식조절도 하고 있다. 노력해서도 안 되면 어머니처럼 '인슐린 펌프'로 인슐린을 주입해 당을 조절해 주는 기계를 달고 살면 되겠지 하는 여유도 생겼다.

주변 지인들에게서 이제는 여기저기 삐걱거린다는 하소연을 듣게 된다. 얼마 전 칠순을 맞은 형부가 뇌출혈로 쓰러져서 가족들이 받은 충격이 컸다. 다행히 말이 어눌하신 것 말고는 다른 문제는 없으니 불행 중 다행이라고 받아들여야 했다. 한시라도 빨리 정상으로 회복되길 간절히 바라고 있다. 나와 비슷한 나이에 당뇨 진단을 받고 치료하고 있는 이들도 많아졌고, 뇌나 신경에 또는 심장에 문제가 있어 병원 출입이 잦아지고 있다. 예전 평균수명에 비하면 여생을 살고 있는 만큼, 나이 들어 나는 소리 정도는 담담하게 받아들일 수밖에.

몇 해 전부터 눈에 황반이라는 반갑지 않은 손님이 와 있다. 청력에도 문제가 있고 심장에도 가끔 문제가 생기기도 하는데, 당뇨만이라도 떨쳐버리고 싶은 심정이다. 젊다면 정의나 미래에 대해 멋진 생각을 하며 가슴이 뛰겠지만, 나이 듦은 이런 쓸데없는 일에 가슴이 뛰고 삐걱거리는 연약한 영혼이 아닌가.

저기 나이가 지나간다. 나는 어떤 나이를 잡아서 살아 볼까.
이십 대, 삼십 대, 육십 대… 오늘 밤 밤새도록 내 삶 속에서
잃어버린 나이를 찾아내어, 그 나이를 다시 한번 멋지게 살아
보고 싶다.

천사를 만나다

노곤한 몸을 옆으로 뉘고 잠시 눈을 감고 있었다. 폭염주의보가 있던 날이었다. 오후 두 시 이십 분에 시계를 보았다. 남편은 아침 일찍 나섰으니까 지금쯤에는 산행을 마치고 식사 후에 일행들과 담소를 나누고 곧 집으로 돌아오리라 생각했다.

누운 지 오 분이 채 되지 않았다. 출장길이었던 아들한테서 전화가 걸려 왔다. 뜻밖에 온 전화라서 반갑게 받았다. 목소리가 이상했다. "어머니 놀라지 마세요. 아버지께서 쓰러지셨대요." 응급대원이 전화했다며, 내게 전화를 할 거라고 했다. 병원이 정해지면 서둘러 그곳으로 가겠다면서 전화를 끊었다.

'별일 아닐 거야, 별일 아닐 거야'를 반복했다. 연로한 시어머니도 잘 계시는데 '나쁜 일 아닐 거야. 괜찮을 거야.' 허공에 대고 중얼거렸다. 아니다. 손을 모으지는 않았지만, 마음속으로 간절히 기도했다. 심장 뛰는 소리가 집안 가득했다. 시야도 흐릿해 잘 보이지도 않았다. 잠시 후 응급대원의 전화를 받았다. "남편에게 의식이 있나요?" 다그치듯이 묻고 다시 물었다. 아주 의식이 없지는 않다고 했다. 하지만 그 말을 믿을 수 없었지만, 그래도 어쩔 수 없어 마음을 가라앉히려 심호흡을 몇 번이나 해야 했다.

남편은 고열이 있는데 코로나 시기여서 격리해야 한다고 했다. 응급 병동이 없어서 찾는 중이라고 했다. 다행히 영등포에 있는 중급 병원 응급실에 격리 병동이 하나 있는데 가겠냐고 했다. 나는 무조건 가겠다고 했다. 정신을 차려서 병원으로 가야 했다. 지금 내가 무얼 해야 하나 생각해 보았다. 아무 생각이 떠오르지 않았다. 우선 자매들과 지인들에게 전화로 남편의 안위를 위해 기도를 청했다. 시어머니를 요양보호사한테 간곡하게 부탁하고 길을 나섰다. 급히 달려 와준 아들과 집의 반대쪽에 있는 병원으로 가는 길이 멀게만 느껴졌다.

그날 남편의 컨디션이 좋은 편이 아니어서 산행에서 뒤처져 일행과 헤어졌다고 했다. 열두 시가 되기도 전인데 폭염에 물은 떨어지고 탈진과 탈수가 겹쳐 길을 가다가 쓰러진 것이었다. 점심 식사하기로 했던 식당에 도착한 일행이 남편과 연락이 되지 않아서 무슨 일이 생겼나 걱정이 되어 여기저기 병원 응급실로 연락을 해 봤지만, 확인이 되지 않았단다.

지나가던 사람이 쓰러져 있는 남편을 보고 119에 신고를 해주었기에 살릴 수 있었다. 그 사람이 남편을 못 보았거나 혹 그냥 지나쳤거나 신고가 늦었더라면 목숨을 잃을 수 있는 아주 위험한 상황이었다. 바로 신고해 준 사람이 아니었다면 어찌 되었을지….

남편은 쓰러진 전후 두 시간 동안의 기억이 없다. 체력의 한계를 느끼고 그늘에서 조금 쉬고 나면 회복이 될 것으로 생각했단다. 하지만 칠십이 넘은 나이에 감당하기에는 몇 가지 악재가 겹쳐 일어난 사고였다.

다행히 병원에서 여러 가지 검사를 한 결과 쓰러질만한 소견이 없다고 했다. 하지만 열사병으로 패혈증 소견이 있다고 했다. 목숨을 잃을 수도 있다는 의사의 말에 가슴을 또 한 번 쓸어내려야 했다. 속은 다 타고 피가 마르는 시간을 보내야 했다. 의사 선생님이 최선을 다해주셔서 다행히 극적으로 닷새 만에 퇴원했다. 격리 병동에서 지낸 닷새 동안은 기적의 시간이었다. 남편을 살려준 그 천사에게 감사 인사를 하고 싶었는데, 응급대원을 통해서만 인사를 전할 수밖에 없다고 해서 매우 안타까웠다.

이번 일을 겪으며 가족과 이별을 하고 안타까움과 슬픔을 견디며 살아가는 이들이 생각났다. 병원에 입원한 지 열흘 만에 어머니가 고인이 되신 친구, 배우자를 일찍 천국에 보낸 지인, 자식을 갑자기 잃고 아파하는 친구를 생각해 보았다. 그들은 밥을 먹고 숨을 쉬고 사는 게 죄스럽다고 하며 괴로워했다. 시간이 지날수록 빈자리가 더 아프게 느끼고 있는 것을 알면서도 위로해 줄 말이 떠오르질 않았던 적이 있었다.

무더웠던 팔월 한 달을 힘겹게 지냈지만, 남편이 차츰 회복되고 있으니 감사의 마음으로 보내고 있다. 아직도 폭염이 가시지 않아 노인들이 열사병으로 사망한다는 소식을 들으면 남의 일 같지 않다. 경찰을 지원한 훈련병들이 더운 날씨에 훈련하다가 의식을 잃고 쓰러진 사고가 있었다. 신고와 응급처치가 늦어져서 팔 일이 지났는데 깨어나지 못하고 있다는 보도를 접했다. 사경을 헤매고 있는 훈련병에게 기적의 소식이 있기만을 기도하고 또 기도했다.

이런 사고에는 발 빠른 신고와 응급처치가 중요하다. 사고가 나지 않도록 사전에 조심하고 대비를 해야 한다. 미리 죽염을 챙겨 주었거나 기온이 높은 날에 산행을 적극적으로 말렸어야 했다. 사려 깊고 조심성 있는 사람이어서 너무 믿었던 것이, 이렇게 혹독한 예방주사를 맞게 할 줄이야.

오늘 점심은 무엇으로 그이의 잃은 입맛을 찾아줄까. 잘 익은 김치 송송 썰어 비빔국수는 어떨까. 나는 주방으로 향한다.

이봉순_ 내 안의 초대

함지박 아줌마

　누구에게나 멘토 한 사람쯤은 있게 마련이다. 나의 멘토 중의 한 사람은 다섯 살 위인 남편의 친구 부인이다. 그녀는 재작년에 칠순을 넘기고도 현직에서 왕성하게 어린이집을 운영하고 지역의 어려운 이들에게 봉사하며 젊은이처럼 살고 있다.

　아이들이 어렸을 때부터 남편의 고교 친구 다섯이 가족 모임을 계속하고 있다. 육아의 고충을 함께 나누기도 하고 문제 부모가 문제 아이를 만든다며, 자녀를 존중해 주고 상처를 주지 않는 부모이기를 누누이 강조하면서 교육자로서 모범을 보여왔다. 무엇이 되기보다는 어떻게 사는 게 의미 있는 삶인지를 강조하는 그녀를 통해서 많이 배웠다. 항상 긍정적이면서 검소하고 주변

을 돌아보며 어려운 사람들에게 다가가서 따뜻하게 손을 잡아
준다. 그녀가 곁에 있어서 즐거움도 컸다. 언제나 유머로 좌중을
즐겁게 이끄는 재주도 있다. 아마도 그런 성향은 타고난 것 같다.
나도 그렇게 살고 싶지만 그런 재주가 없으니 먼 나라 이야기이
다.

그녀의 삶을 들여다보면 30여 년 이상 봉사를 하면서도 밖으
로 드러내지 않으며 항상 가정에 충실한 며느리와 아내요, 어머
니로 모범적인 모습이 본받을 만하다. 밖의 활동을 하다 보면
가정에 소홀하기가 쉽다. 하지만 지혜롭게 조절해가며 가정에
성실한 모습이 보기 좋았다. 가족들의 화합을 강조하고 며느리
들과도 격의 없이 지낸다. 그들을 존중해 주는 시어머니요, 손녀
들과도 눈높이를 맞추는 친구 같은 할머니다. 중학교에서 영어
를 가르쳤고 대학에서 리더십 강의도 했다. 일하면서 배우는 일
에도 게으르지 않으며 부부가 칠십이 넘은 지금도 평생 대학에서
원예를 배우고 있다.

안산 지역의 어린이집을 운영해 왔고 적십자회장과 여성단체
협의회 회장을 다년간 맡으며, 그 지역뿐 아니라 수해나 재난을
당해 손길이 필요한 곳을 찾아서 돕는 일을 계속해 왔다. 지켜야
하는 원칙과 사람의 도리를 모범적으로 실천하고 고정관념에서

벗어나 지역사회나 이웃에게 새로운 변화를 주는 혁신적인 역할을 소리 나지 않게 해나가는 능력이 돋보였다. 여성들이 변해야 한다며 삼십여 년 전부터 '아나바다 운동'이라든가 '분리수거' 등 우리에게 생소했던 것을 알려주었다. 그녀를 만나는 즐거움이 커서 우리는 다음 모임을 기다리곤 했다.

내 가정에만 머물러 있던 나와는 그릇이 다르다. 내가 종지라면 그녀는 함지박이라 할만하다. 어느 작가의 묵상집 제목이기도 한 '미루지 않는 사랑'을 실천하고 있다. 이웃 사랑을 내일로 미루거나 모른 척 지나치지 않는다. 탈북해서 사는 독거노인을 자신의 어머니처럼 병원에 모시고 다니며 필요한 용품을 채워드리고 안부도 꼭 챙긴다. 작은 밭을 일구어 감자를 심어서 주변에 나누고, 겨울이면 김장을 제주도까지 혼자 지내는 지인에게 부치거나 직접 가져다주기도 하는 일들을 십여 년이 넘도록 해오고 있다.

가까이 있는 사람들의 어려움을 못 본 체하지 않고 항상 따뜻하게 보듬어주는 그런 그녀가 멋지다. 우리 모임이 지금까지 사십여 년이 넘도록 불협화음 없이 이어져 오는 것도 그녀의 품이 컸던 결과라 생각한다. 항상 먼저 베풀고 긍정적인 에너지를 주는 유쾌하고 즐겁고 신선했으며 유익했다는 생각이 든다. 한두 번은 누구나 할 수 있지만 긴 시간 동안 변함없이 하기는 어려운 일이다.

그녀의 삶의 모토가 '행복하게 사는 것'이기에 그렇게 살고 있는 게 아닐까 싶다. 나만의 행복이 아니고 더불어 행복해지는 것, 그 비결은 '나누는 삶'이라 말한다. 남편들은 '왕 마담' 아이들은 '왕 아줌마'로, 부인들은 우리의 '멘토'라 부른다. 우리가 멘토를 좋아하는 것은 그녀처럼 품이 넓고 주변에 유익을 주는 사람이 되고 싶어서이다. 더도 말고 덜도 말고 지금처럼 노년을 행복하게 살아가자고 메시지를 주고받는다.

종지가 함지박 되기는 힘들어도 대접이라도 되어 보려고 애쓰는 중이다.

쥐와 발

새벽에 발과 종아리에 쥐가 가끔 났다. 다리를 펴고 가슴 쪽으로 발끝을 당겨보고 엄지발가락과 종아리를 주물러 보았지만, 종아리의 근육이 제멋대로 뒤틀리고 통증이 심했다. 수분과 마그네슘이나 전해질이 부족해도 그럴 수 있다고 한다. 자기 전에 물을 마시는 게 도움이 된다고 해서 물을 마셔보기도 했다. 자라는 아이들에게는 성장통으로 쥐가 나기도 한다는데. 혹 내게 성장통이 필요한 것은 아닐까.

남편의 고교 동창 부인들과 오랜만에 북해도로 여행을 다녀왔다. 일정 마지막 날 저녁에 온천장으로 가는데, 크고 딱딱한 슬리퍼 안에서 발이 자꾸만 헛돌았다. 호텔 안의 온천장까지는 짧은

거리였지만 내게는 멀게만 느껴졌다. 진땀이 날 정도로 불편했지만, 맨발로 가는 것이 어색해서 억지로 온천장까지 슬리퍼를 끌면서 갔다. 조심조심 걸어 들어가서 따뜻한 온천물에 발을 담그고 얼마 되지 않았는데, 쥐가 심하게 몰려왔다. 발을 뻗어 심장 쪽으로 발끝을 당기고, 아무리 주물러도 멈추지 않아서 힘이 다 빠지는 것 같았다. 자꾸 비명이 새어 나왔다.

한참을 쥐가 나더니 다행히 멈추었다. 룸메이트에게 나가겠다고 말을 하고 온천장을 나왔다. 휴게실에서 몇 걸음 걸어 나오는데, 발이 홱 돌아가며 주저앉았다. 통증이 예사롭지 않은 것이 문제가 생긴 게 틀림이 없다는 생각이 들었다. 큰 슬리퍼를 들고 맨발로 호텔 방까지 억지로 절뚝거리며 왔다. 늦은 시간이라 다행히 사람이 없었다. 준비해간 아로마 오일을 발등과 발가락에 듬뿍 바르고, 부어오른 두 발가락을 일회용 반창고로 고정하여 함께 감아 주었다.

쥐는 형체도 없다. 하지만 힘이 강력하다. 쥐는 왜 나는 것일까. 자기 멋대로 내 몸을 조정하려고 한다. 속수무책으로 당하는 쪽은 물론 나다. 나는 키에 비해서 발이 작은 편이고 순환이 잘되지 않아서 늘 발이 차다. 큰 발에 비해 지탱하는 힘이 약해서일까, 아니면 건강에 문제가 있다는 신호일까. 신데렐라처럼 맞지 않는 신발을 신어서일까, 아니면 아직도 내게 성장통이 필요하다는 신호일까 이런저런 생각을 해보았다.

남편의 고교의 다섯 친구는 가족 모임을 사십여 년 넘게 해오고 있다. 부인들이 속엣이야기를 할 만큼 각별하다. 나는 동행한 부인들에게 민폐를 끼치는 게 싫었다. 오랜만에 온 여행의 기분을 망치고 싶지도 않았다. 내색하지 않고 온천장에서 조용히 나와 안정을 하면 가라앉을 줄 알았다.

그런데 그게 내 마음대로 되는 게 아니었다. 화장실조차 다니기 힘들 만큼 통증이 왔다. 진통제를 먹었는데도 통증이 멈추지 않았다. 여행 끝 날이라고 뒤풀이한다고 우리 방에 모여 와서 아픈 티를 감출 수도 없었다. 그나마 여행은 마무리가 되어 다행이었지만, 잊지 못할 추억거리로는 이게 아닌데 싶었다.

쥐는 염치를 모르는 양 늦은 밤에도 지속되어 괴로웠고, 결국 교대로 내 다리를 주물러 주었다. 밤 한 시가 넘은 시간인데도 멈추지 않아 야속했다. 나는 민망하고 미안해서 할 말을 잊었다. 발가락을 다친 것을 그 순간 말을 할 수도 없었다. 밤이 유난히 길게만 느껴졌다. 이 밤 지나면 집으로 돌아갈 텐데, 어떻게든 달래서 멈추게 해야 한다는 마음이 간절했다.

집에 돌아와서 동네 정형외과에 바로 갔다. 의사는 다섯 주동안 반깁스를 하자고 했다. 사진으로 뼈가 부러져 갈라져 있는 것을 확인했으니 깁스밖에 방법이 없었다. 한쪽 다리에만 힘을 주고 식사 준비와 생활하다 보니 무릎에도 통증이 왔다. 그나마 다행인 것이 반깁스는 풀기도 하고 씻을 수 있었다. 무더운 날에 땀 흘려 일하는 사람들을 생각하면서 지냈다. 약속한 주에 한 주를 더 연장해 육 주를 지내고, 드디어 발은 자유를 얻었는데 몸의 균형이 잡히지 않았다. 뒤뚱거리게 되고 발 전체에 통증 때문에 거실을 오고 가기가 힘들었다. 쉬었다 걷기를 반복했다. 발가락 하나가 몸의 균형을 깨트릴 수 있다는 게 믿기지 않았지만 사실이었다. 매일 열심히 걷다 보니 조금씩 나아졌다.

장애가 있는 이들은 얼마나 힘든 시간을 보내는 것일까. 새삼 그들의 고충이 떠올랐다. 운동선수들도 다친 후 회복을 위해 무서운 통증을 참고 견디며 땀을 흘리고 재활에 힘쓴다. 또 현대의 예술가들이 큰 영감을 받는다는 희망의 아이콘이라 할 수 있는, 멕시코 화가인 '프리다 칼로'도 생각났다. 내 친구 S는 신혼 초에 시댁인 완도에 갔다가 배에서 다리에 작은 상처가 났는데, 파상풍으로 번져 다리의 반 이상을 포기해야만 했다. 그때 너무나 놀라고 안타까워서 마음이 무척 아팠던 기억이 떠올랐다. 힘든 역경을 이기고 절망에서 희망으로 바꾼 이들에게 힘찬 박수를 보내고 싶다.

신체와 정신이 건강하다면, 웬만한 일은 어느 정도는 극복할 수 있는 일들이 아닌가 생각이 들기도 했다. 하지만 우리의 삶을 가볍게 생각할 수 있는 일은 아니다. 쥐가 나고 발을 다친 계기에 나의 삶을 되돌아보게 되었다.

굳이 '소확행'이라는 말을 소환하지 않아도, 아침에 눈 뜨고 일어나, 걸을 수 있다는 것이 감사하다. 세상에 많은 말이 있지만, 나는 오늘 '감사하다'는 말을 하고 싶다. 흔하고 진부하지만 그 평범한 말이 특별하게 다가온다.

꿈꾸는 시간

꿈꾸어본다. 여유로운 시간을 누려보고 싶다. 해야 할 일들에 쫓기고 떠밀려 사는 이제까지의 삶의 시간을 뒤로 하고, 자유롭게 나에게 주어진 시간에 하고 싶은 것 하면서 살았으면 좋겠다. 좀 이기적이라는 생각이 들기도 하지만 저녁이 되어 아침부터 무엇을 하며 지냈는지 돌아보면, 그저 떠밀려 산 것 같은 생각을 지울 수 없다.

막연하게 여유가 생기면 하고 싶은 일들을 상상하며 미래를 꿈꾸어본다. 고요함을 즐기기, 듣고 싶은 음악 듣기, 읽고 싶은 책 마음껏 읽기, 영화관에 가서 영화 보기, 친구와 맛난 음식 먹으며 수다와 산책하기, 여행하기, 봉사하기 등 너무나 소소한 것으로 '소확행'이라 말하는 것들이다. 나이 들어서 좋은 점은 시간이 많다는 것인데 치매인 시어머니를 모시는 내 처지에서는 생각하기 어려운 일이다.

나는 늘 시간에 쫓기듯이 살고 있다. 독서회 회원이지만 읽어야 하는 책을 겨우 읽는다. 나이 들어서 부부만 사는 친구들은 여유가 넘친다. 나는 어쩌다 짬이 생기면 뭘 해야 할지 마음이 바빠진다. 몇 년 전부터는 더욱 그런 시간도 없었지만 언젠가 한가한 시간이 찾아올 것이라고 믿는다.

때로는 늦잠도 자고 싶고 늦은 아침을 먹으며 여유를 즐기고 싶을 때가 있다. 그런데 어머니는 새벽부터 아침 드시겠다고 앉아 계시니 그런 호사는 꿈에서나 할 일이다. 아침 식사는 물론이고 시도 때도 없이 드시고 싶은 식욕으로 역정을 내시면 내 마음은 갈 곳을 잃는다. 용변이 자유로우시다면 드시고 싶을 때마다 차려드린다면 내 마음도 괴롭지 않을 텐데, 나로서는 최선을 다하는데 역정을 내시면 정말 싫었다. 그래서 식사 시간을 지키려고 애를 쓴다. '밥 안 주냐'는 말씀에 나는 안절부절못하고 마음이 더 조급해지곤 한다.

이렇듯 나는 마음에 여유가 없이 늘 살고 있다. 시어머니의 치매는 어디로 튈 줄 모른다. 몇 년째 이것과 실랑이를 벌이며 지낸다. 나의 건망증도 문제이다. 어떻게 지혜롭고 현명하게 처신해야 하는 걸 모르는 것은 아니지만, 그저 대책 없이 산다고 해야 맞을 것 같다.

그렇게 나에게 상처를 주고도 돌아서면 잊어버리시는 어머니, 아무 표정도 감정도 없다. 불같이 역정을 내시고는 마음에 담아 두기도 전에 금세 잊고는 표정은 한없이 평온하시다.

내게만 그렇게 보일 뿐인가. 그것도 다행이라면 다행이다. 이 것의 장점이자 단점이 바로 잊어버리는 것이 아니던가. 시어머니는 예쁜 것을 유난히 좋아하시고 팔십 대 후반까지는 친척이나 주변 사람들로부터 누구보다도 똑똑한 어르신 소리를 들으셨다. 내게 "이보다 더 좋을 수 없어. 너한테 더 바랄 게 없다."고 하시던 어머니께서 몹쓸 병에 꼼짝을 못하고 굴복한 모양새이다. 예전의 어머니 모습은 어디로 가고 냉소적인 눈빛과 표정을 대하면 내 마음은 줄행랑을 친다. 가여운 마음도 함께 자취를 감춘다. 타협도 여유도 모르니 무조건 바로 복종해야 사건이 해결된다.

요즘 들어서 더 심해지신 건 거의 매일 낮, 새벽에 내가 주방에 없을 때 먹을 것을 마구 손으로 드시고, 가져다 숨기고 지저분하게 어지르신다. 티슈부터 음식 등을 보이지 않게 감추는 숨바꼭질을 하고 있다. 피곤이 몰려온다. 어이없는 일들이 반복되는 일상에 전환기가 생긴다는 것은 무엇일까 하는 생각이 들면 화들짝 놀라 고개를 젓게 된다. 시어머니의 상태가 이 정도인 것도 감사하자, 하다가도 이율배반적이고 이중적인 나와 마주 대하게 된다.

나의 내면을 가만히 들여다본다. 조급해하는 마음은 주변 상황 탓만은 아닐 것이다. 내게 주어진 시간은 내 것인 만큼 생각이나 의지에 따라 다르게 느껴지는 게 아닐까. 오래 투병하면서도 ≪당연한 하루는 없다≫라는 투병일기 책을 출간한 어느 젊은 작가가 투병일기를 쓰면서, 자신을 병으로부터 독립시켰다는 글을 읽고, 이런 생각을 한 작가처럼 흉내라도 내보고 싶어졌다.

나의 하루를 주변 상황과 분리해서 생각하기란 쉽지 않지만, 실패하더라도 한번 도전을 해봐야겠다. 이봉순을 이봉순으로부터, 독립 만세!

3 — 시선 맞추기

최고의 선택

아기 우는 소리가 들렸다. 아직은 추위가 남아 있는 2월이고 어둠이 짙게 내려앉은 밤에 남편과 나는 산에서 이어진 작은 시 냇물이 흐르는 둔치 위를 걷는 중이었다. 그곳에서 아기가 울고 있을 리가 없을 테지만 아기들이 우는 소리로 들리는 것을. 혹시 길고양이들이겠지 하며 둔치 이곳저곳을 살폈다.

울음소리가 그치지 않아 가던 길을 멈추고 소리 나는 쪽을 두 리번거리다가 움직이는 검은 물체를 발견했다. 두 마리의 길고 양이들이 대치하고 있는 모양이었다. 얼룩 고양이와 검은 고양 이들의 몸집이 꽤 커 보였다. 얼룩 고양이는 풀섶에 엎드려 있고, 검은 고양이는 미동도 하지 않은 채 서서 거리를 두고 서로 쳐다

보며 교대로 울고 있다. 우리는 돌아서지 않고 한참을 지켜보게 되었다.

그들은 무슨 사이일까. 나는 마음속으로 혼자서 소설을 쓴다. 혹시 부부 아니면 연인, 친구일까? 한 녀석은 버티고 있는 것 같고, 한 녀석은 뭔가 말도 못 붙이고 상대의 의중을 헤아려 보느라 한참을 기다리는 것 같았다. 검은 고양이가 결국 포기를 하고 돌아서는 것처럼 보인다. 구애하는데 받아들이지 않겠다고 버티는 것일지도 모른다는 생각이 들자, 결혼 전에 남편에게 내가 결혼 생각이 없다고 버티며 애를 태웠던 생각이 났다. 남편은 귀공자 같은 풍모에 나를 좋다고 하는데 마다할 이유가 없었지만, 교사가 되려고 하던 나는 공부를 마쳐야 했다. 혼자 계신 어머니를 생각하면 빨리 결혼할 수 없었고 외며느리 노릇은 하고 싶지 않아서였다.

길고양이를 보다가 예전의 우리 생각이 났다. 남편이 "엎드려 있는 고양이가 예전에 당신 같구먼. 검은 고양이도 예전의 나처럼 엄청 답답하겠네." 한다. 결혼 전에 일이 생각나서 웃으며 돌아왔다. 며칠 뒤 저녁 식사를 마치고 산책길에 그때 보았던 고양이들을 만났다. 검은 고양이가 휙 지나가는 바로 뒤에 얼룩 고양이가 따라서 재빠르게 쫓아가더니 숲으로 숨었는지 둘 다 보이지 않는다. 반가운 마음이 들었다. 하나가 아니고 둘이어서 더 반가웠다. 아마도 화해를 했나 보다. 남편과 나는 마주 보며 웃었다.

남편이 학사장교 제대를 앞두고 마지막 휴가를 나와 후배 사병과 좌석버스에 타고 있었고, 나도 그 버스에 오르게 되었다. 1호선 지하철 공사로 버스가 이리저리 노선을 바꿔 가고 있었다. 그는 내게 이 버스 상봉동 가는 게 맞느냐고 묻기에 알려주었다. 마침 나도 그다음 정거장 가까운 곳에 살고 있었다. 그런데 군인들이 내려야 할 정류장에 내리지 않고 그대로 있는 게 아닌가. 내가 내려야 하는 정류장도 이미 지나치게 되었다. 나는 가슴이 마구 뛰고 당황스러웠다. 어쩔 수 없어 다음 정거장에서 내려서 뛰기 시작했다. 이 골목 저 골목 뛰어다녔다. 하지만 군인들을 따돌리기에는 역부족이었다. 결국 우리 집 대문 앞에서 맞닥뜨리게 되었다. 잠깐 시간 좀 내달라는데 아무 말도 하지 못했다. 한참을 버티고 있는 그를 향해 그럴 뜻이 없다고 하고는 집으로 들어와서 대문을 닫았다. 아마 그때 내 마음의 빗장도 걸었던 것 같다.

그가 집으로 계속 찾아왔다. 우리 집 대문보다 키가 큰 사람이 가지 않고 이름을 부르며 서 있었다. 결국 어머니는 집으로 들어오게 했다. 가족들은 괜찮은 청년 같다고 만나보라고 했다.

그 후 몇 번 만났다. 그의 아버지께서 병원에 입원하고 계시다는 이야기에 병문안을 갔다. 병원을 나와서 그는 어머니께 "어머니, 이 사람 예쁘게 봐주세요. 처음이자 마지막으로 좋아하는 사람이에요." 하는 것이었다. 그런데 어머니의 반응이 싸늘했던 기억이 있다. '어머니께서 갑작스러운 만남이 어색하고 마음의 준비가 없이 아들의 여친을 만나게 되자 당혹스러우셨을지 모르지'라는 생각이 들면서도 돌아오는 길에 그이에게 그만 만나자고 했다. 시어머니께서 나를 마음에 들지 않으신다는 느낌을 받았기 때문이었다.

나를 설득하려고 애쓰는 것을 받아들이지 못해 마음이 좋지는 않았지만, 스물세 살 어린 나이에 나의 꿈을 접고 외며느리로 살고 싶지는 않았다. 그 시절에는 연애와 결혼을 따로 생각하지 못했고, 내가 공부와 일을 해야 하는 처지여서 마음을 줄 여유도 없었다. 분가해서 산다는 것은 생각할 수도 없는 시절이고 시부모님 모시고 살아갈 자신도 없었다.

이후에 남편은 직장에 휴가를 내고 설악산으로 말도 없이 떠났고, 핸드폰도 없던 시절에 연락이 되지 않자 답답해진 시어머니께서 우리 집을 찾아오셨다. 두 분 어머니들이 만나서 '내 아들 어떠냐' 하시고 아들이 마음에 든다고 하니 결혼시키자고 친정어머니께 청을 하셨다. 시고모님께서 대학에 학장으로 계셨는데, 마침 여고 때 교장 선생님의 은사셨다. 교장 선생님께서 내가 보증할 수 있는 학생이라고 말씀해 주셔서 실타래가 쉽게 풀리게 되었는지 모른다. 후에 들었는데 시어머니께서는 점쟁이한테도 가셨는데 찰떡궁합이니 결혼시키라는 말을 들었다고 하셨다.

친정어머니는 시어머님께서 직접 오셔서 결혼을 시키자고 하시니, 마음 놓고 보내도 되겠다는 생각을 하셨던 것 같다. 일 년 동안 지켜보니 사람이 한결같고 점잖다고 하시는데, 나는 싫다고 버티다가, 사흘 만에 뜻을 굽혔다.

이제 생각해 보니 그렇게 나를 데리고 와서 시집살이에 시어머니 치매 수발을 들게 하려고 그랬나 싶기도 하지만, 지금까지도 나에 대한 그때 그 마음처럼 일편단심이라니 어쩌겠는가. 나도 남편을 애태우던 시간도 있었으니 눈감고 못이기는 척 살고 있다.

고양이들의 대치하는 모습을 보며 젊은 시절의 나를 떠올렸다. 그때 애를 안 먹였으면 결혼 후 삶이 좀 더 편했을까. 이유가 어떻든 남편이 "그때 애 좀 먹었지." 하는 말을 들으니 나도 미안한 마음이 들었다. 다 지난 일이다. 그때는 이렇게 한집에서 살게 될 줄은 몰랐으니까. 이 나이가 되어 남편을 힘들게 할 일이 있겠

나, 서로 측은지심으로 대하고 격려하며 친구처럼 마음속 이야
기도 나누는 노년이면 좋겠다. 어서 집으로 가서 따끈한 인삼차
라도 마시며 안타까웠던 나의 마음을 전해야겠다.

봄비 한 방울

꽃 잔치가 한창이다. 봄의 절정이 오월에서 사월로 당겨진 것 같다. 봄 가뭄으로 메마른 대지와 내 마음에도 봄비 한 방울이 기다려진다.

며칠 전 산소에 다녀왔다. 한식 전에 산소에 떼를 새로 교체하는 일을 해야만 했다. 선산이 있는 여주에는 올해 춘삼월인데도 눈이 많이 내려서 작업하는 날을 미루게 되었다. 그러다가 산소 작업을 하려고 일정을 잡아 놓기만 하면 또 비가 왔다. 미루기를 두 차례나 하다가 겨우 떼를 새로 입히는 일을 마치게 되었다.

떼 작업을 한 뒤에는 가랑비 정도라도 와주면 좋겠지만 봄 가뭄은 계속되었다. 남편이 봉분에 떼를 덮고 나서 옆 개울에서 물을 떠다가 뿌려 주고 왔다고 했지만, 이후에 열흘이 지나도록 잠깐 오는 척만 하다가 땅 표면도 적시지 않은 채 그치고 말았다. 나는 산소에 떼가 죽을까 염려하는 것이지만 산불이 난 지역에는 폭우라도 반가울 만큼 비가 간절했고, 농부들은 논에 물이 있어야 모내기도 하고 밭농사도 지을 텐데 애가 타는 일이었다. 경북 지역에 산불이 아흐레나 계속되었지만 비는 한 방울도 내려주지 않았다. 기우제를 지내고 싶을 만큼 우리의 애를 태웠다.

우리 부부는 할 수 없이 새벽부터 서둘러 산소로 갔다. 양동이와 물뿌리개, 바가지 등을 챙겨, 산소 옆 개울에서 물을 퍼담아 산을 오르내렸다. 별로 어려울 것 같지 않았던 일이 힘에 부쳤다. 쉬기를 반복하며 물뿌리개로 골고루 물을 뿌렸다. 잔디가 물을 흠뻑 아니더라도 목을 축여서 살아있기를 바랐다. 여기저기서 '나도 물 좀 주세요.' 하고 부르는 것 같았다. 부지런히 물을 뿌려 주었더니 얼마 지나지 않아 생기가 도는 듯하였다. 푸른 잎을 내보이는 잔디가 기특하고 예뻐 보였다. 잔디는 생명력이 강해 쉽게 죽지 않는다고 남편이 말했지만, 나는 잔디 한 잎에라도 더 물을 주려고 애를 썼다. 파란 얼굴을 내미는 잔디가 이토록 소중해 보인 적은 처음이었다.

정오가 되니 햇살이 여간 뜨거운 게 아니었다. 두 번만 더 내려가서 물을 길어오자고 했지만, 다리가 후들거렸다. 그래도 마음은 새털처럼 가벼운 느낌이었다. 잔디가 물을 조금이나마 받아먹고 푸릇푸릇 자기 존재를 보여주어 마음이 좀 놓여서였을까. 그곳에 잠들어계신 네 분 어르신들과 시아버님께서 흐뭇해하시는 것 같은 마음이 들었다.

얼마 되지 않은 시간이었지만 뜨거운 태양 아래서 수고하는 농부들의 수고를 조금이나마 직접 몸으로 느껴보는 시간이었다. 매일 식탁에 올려지는 먹거리에 감사하는 마음을 잊고 지내다가 다시 한번 떠 올려본 계기도 되었다. '손주 며느리가 애썼다.' 하며 꽃놀이 가지 않고 산소에 물 주러 가자고 청한 나에게 공을 돌렸다.

산소를 관리하기에는 칠십이 넘은 남편에게는 버거운 눈치다. 그래서 6~7년 전부터는 지인에게 부탁해서 벌초하며 관리하고 있다. 산소에서 내려오면서 우리 죽기 전에는 정리해야 할 텐데 한다. 물론 나도 동의하는 일이다.

파란 하늘 아래 햇살은 뜨겁게 느껴지지만, 봄바람에 모처럼 노동에서 오는 피로감으로 눈이 감겨온다. 자리를 펴고 나무에 기대앉아 다리를 펴니 몸도 마음도 더없이 편안하다. 조상님들 산소를 돌보고 나서 마음이 한결 평화롭게 느껴져서인가보다.

눈을 감고 있는 그이의 얼굴에 외아들의 고단함이 묻어난다. 치매 시어머니를 모시고 있는 외며느리인 나라고 무엇이 다를까.

저녁부터는 봄비가 부슬부슬 내리는데 고단한 내 마음에도 봄비 한 방울 떨어졌으면 좋겠다.

아, 뭔가 떨어지네. 내 눈물인가.

울 언니

　언니는 형부가 카투사에서 군 복무를 할 때 만나 연애를 했다. 일 년 연애 끝에 결혼에 골인했다. 형부는 강원도 정선에서 셋째 아들로 태어나 중학교부터 서울의 고모 댁에 있다가, 그 후에는 형제 셋이 자취를 했다.

　칠십여 년 전 형부가 살았던 강원도에서는 서울로 유학 보내려면 자식들 학비가 만만치 않아 가난을 면하기가 어려웠을 것이다. 요즘 같으면 부모님이 자녀들을 서울로 유학을 보내고 반찬 등을 올려보내기도 하겠지만 그 시절에는 생각할 수도 없는 일이었다. 혼인한 후에는 어머니가 지어주신 밥이 얼마나 그리웠겠냐며 친정어머니는 솜씨를 내곤 하셨다. 아들이 없는 어머니한테 살갑게 다가오는 예비 사위가 좋으셨나 보다. 친정어머니는 언니가 형부를 면회 갈 때마다 먹을 걸 준비해서 양손에 들려 보내곤 했다.

언니가 중학교 입학할 즈음에 아버지가 친척 집 방문길에 나섰다가 사고를 당하셨다. 갑작스러운 아버지의 부재로 어머니는 가장이요, 언니는 조력자가 될 수밖에 없었다. 우리는 슬퍼할 여유도 없었지만, 그때는 철이 없었다. 그 시절 살림살이가 대부분 어려운 상황이었지만, 가장이 없는 가정은 말해 뭣하랴.

평소에 아버지께서 약주를 좋아하셨다. 어머니는 불평하면서도 명절이면 아버지와 친척을 위해 술을 담그셨다. 이웃과 친척들이 솜씨가 좋다고 하여 부탁을 받기도 했다. 요즘 같으면 사업으로 성공도 하셨을 것도 같다. 그때는 집에서 담그는 술을 '밀주'라 해서 정부에서 법으로 금하던 시절이었다. 하지만 이웃 사람들이 술이라도 빚어 팔면 자식들 먹이고 공부시킬 수 있을 거라는 말을 들었다. 어머니는 지푸라기라도 잡아야 했다.

아마 그때가 집이 도시 계획으로 헐려서 가족이 뿔뿔이 헤어져야 할 때였다. 언니는 대구 삼촌 댁으로, 나는 함께 살았던 막내 이모 집으로 흩어져야 했다. 어머니는 가족이 함께 지내기 위해 몰래 술을 빚으셨고, 술동이를 머리에 이고 이웃에서 소개하는 가게에 배달을 가셨다. 맛이 좋다며 주문이 좀 들어왔는지 바빠졌다. 마침내 중학생 언니도 도울 수밖에…. 나중에 알게 된 것이지만 추운 겨울밤에 가게 뒷문으로 숨을 죽이면서 숨어들 듯이 배달 일을 해야 했다. 어머니는 회한에 잠길 때마다 아픈 손가락이라며 가슴을 쓸어내리셨다.

언니가 삼십여 년 전에 암 수술 후에 방사선 치료를 받았는데 후유증이 와서 신장 수술까지 받았다. 그런데 이번에는 꼬리뼈를 깎고 살을 이식해야 하는 수술을 받게 되었다. 비대면 때라서 병문안도 할 수 없으니 수술과 회복이 잘 돼서 퇴원하기만을 손꼽아 기다렸다. 다행히 회복이 잘 되어 퇴원이 이틀이나 앞당겨졌는데 누운 채로 퇴원을 했다. 걱정이 되기도 했고 그동안 고생한 언니가 보고 싶었다.

서둘러 언니를 보러 여동생과 함께 충주로 내려갔다. 보조기 없이는 서지도 못했고, 식사를 서서 해야 하고 누울 때와 잠을 잘 때에는 옆으로만 누워야 했다. 병원에서 고통의 긴 시간을 보내고 집에 왔지만, 아직도 견뎌야 할 시간이 한참이나 남아 있어 보였다. 안쓰러운 마음을 속으로 삭여야 했다.

언니의 표정이나 마음은 평온하다. 하지만 전에도 아팠고 지금도 아프다. 힘들고 고통스러운 시간을 견디고 있어도 신앙인으로서 감내하며 받아들인다고 하지만, 곁에서 지켜주는 형부의 애정이 큰 몫이 아닌가 한다.

안방에서 형부와 언니의 말소리에 잠에서 깨어 보니 수술 환부에 소독과 처치를 하고 계셨다. 일 년 전부터 문제가 생겨서 병원 치료를 했지만 잘 낫지 않아서 이번에 큰 수술을 하게 된 것이었다. 그동안 치료를 해왔던 터라 형부의 손놀림이 병원의 숙련된 간호사 같아 보였다.

어머니를 도울 수밖에 없었던 언니, 지금도 그때의 일을 불평이나 원망 한마디 입에 올린 적이 없다. 걷지도 못하고 형부의 도움을 받아야 하는 모습을 보고 있자니 가여워 눈시울이 뜨거워졌다. 한편 아내를 정성껏 치료하는 현부(玄夫)의 모습에 감동이 밀려와, 나도 모르게 뒤돌아설 수밖에 없었다.

언니 형부 힘내세요! 잘 견뎌줘서 정말 고맙습니다! 사랑합니다!

차마

주말 저녁 시간에 친구에게서 전화가 왔다. "너, 목소리가 왜 그래? 많이 지쳐 보여." 한다. 너무 애쓰지 말라고 그만큼 했으면 어르신을 시설에 모셔도 되지 않겠느냐고 한다. 그렇게 말하는 이들이 대부분이다. 시어머니께서 치매를 앓고 계시는데, 용변에 어려움이 있기 때문이다.

지인들이 묻는 게 어머니의 안부가 대부분이어서 근황을 이야기하면 딱하다고 생각하는 것 같다. 이런 말을 들을 때마다 내가 잘못한 것도 아닌데 걱정을 듣는 것 같아 마음이 좋지 않지만, 그냥 지내고 있다. 다만 나와 남편의 건강이 나빠지지 않기만을 바랄 뿐이다. 하루에 세 시간이라도 요양보호사의 도움을 받고 있고 사람도 알아보신다. 게다가 시설에 가고 싶지 않다고 전부터 말씀하셨기 때문에 시설에 모실 생각은 차마 생각할 수도 없었다.

전화를 걸어온 친구는 치매인 친정어머니를 십삼 년을 모신 효녀다. 친구가 무남독녀여서 병원과 집을 오가며 혼자 감당할 수밖에 없었다. 요양보호사의 도움을 받을 수 없던 시절이어서 나보다 훨씬 힘이 들었을 거다. 자기가 겪어 보니까 '정량의 법칙'이 있는 것 같다고 한다. 그때 너무 진을 빼고 나니까 자신에게 암이 온 것 같다고 했다. 몸이 더 상하기 전에 남편과 의논하라고 한다. 하지만 쉽게 이야기할 수가 없고 그렇게 간단하지도 않은 일이다.

아침과 저녁을 혼동하여 새벽에 우리 부부가 자는 방문을 벌컥 열며 "나, 밥 안 주냐?" "저녁도 못 먹었어?" 불같이 화를 내신다. '치매'란 이런 것이라는 것을 머리로는 알고 있다. 그런데 이 상황이 반복되면 가슴을 쓸어내리게 된다. 나는 매일 무사히 하루가 지나가길 바라며 살고 있다. 역정이나 안 내시면 내 마음에 파도는 일렁이지 않을 텐데….

부모는 정성을 다해서 자식들을 키운다. 하지만 자식은 부모를 그렇게 대하지 않는다. 누군가 "부모의 마음엔 자비요, 자식의 마음엔 칼이 있다."고 하던 말이 생각난다. 우리는 자식인 동시에 부모인데 못난이 짓을 하며 살고 있다. "내리사랑은 있어도 치사랑은 없다."는 말에도 수긍이 간다. 별 탈 없이 지나가는 날은 잘 지내다가 문제에 부딪히면 딜레마에 빠져 허우적거리곤 한다. 나는 못난이가 분명하다. 장자의 '목계지덕(木鷄地德)'을 흉내라도 낼 수 있으면 좋으련만….

시어머니께서 수를 다하고 편안히 가셨으면 하는 게 우리 부부의 바람이다. 식사를 잘하시는 것을 보면 이런 시간이 너무 길어질까, 한편 두려운 마음이 드는 것을 숨길 수 없다. 시어머니의 남은 삶도 나의 인생도 중요하다. 내가 편하려고 한다면 시어머니가 불편하실 게 분명하다. 내가 조금 불편해도 집안이 편안하니까 그저 하루하루를 살고 있다. 누군가는 착한 콤플렉스가 있는 게 아니냐고 한다. 아니라고 부정하지 못하지만, 이 일에 정답도 없지 않은가. 솔로몬의 지혜가 필요하지만, 나는 답을 모른 채 도리를 하고 있을 뿐이다.

앞으로 우리는 효를 받을 수 없는 시대에 살게 될 것이라고 한다. 바람은 건강을 잘 유지하여 자녀들에게 짐을 지우지 않는 것이다. 건강이 노력만 해서 되는 일은 아닐 것이다. 측은지심을 버리고 내 생각만 한다면 인생이 너무 삭막하지 않을까. 우리도 곧 어머니의 모습이 될 것이다. 아직은 지낼 만하지만 내 건강이 얼마나 감당할 수 있을지. 나의 정량은 얼마나 되는지 그때를 알 수 있으면 좋겠다. 아니 정량이 커지기를 바란다.

'인생이란 허무한 것'이라는 노랫말이 있다. 부귀영화가 아니어도 생로병사를 피할 수는 없다. 눈 깜박할 사이에 칠팔십이 된다. 삶과 죽음이 동전의 양면과 같으니 지금 죽음을 준비하며 살아야 제대로 사는 것이고 죽음을 잘 맞게 된다고 한다. 어떻게 사는 것이 죽음을 잘 맞이하는 삶일까.

우리가 조금이나마 인간답게 살기 위해서 차마 하지 못하는 것들이 한둘이겠는가.

*목계지덕(木鷄地德): 나무로 만든 닭처럼 작은 일에 흔들림이 없다는 뜻

아버지도 위로가 필요하다

나는 ≪목수 아버지≫의 책 제목을 보고 관심이 생겼다. 표지 뒷장에 쓰인 "어떤 팡파르도 받아보지 못하고 조용하고 겸손하게 한평생을 살다 간 아버지"라는 글귀에 더 마음이 갔다. 작가는 아버지가 루게릭병을 앓다가 돌아가신 지 4개월 만에 고향 집을 찾는다. 상큼함이 느껴지는 어린 시절을 추억하는 유물을 보면서 아버지를 회상하는 '케니 켐프'의 이 책을 도서관에서 우연히 만났다.

아버지가 합판으로 손수 만들어준 침대를 작가와 형제들이 사용한다. 자녀가 자라는 동안 낡고 칠도 다 벗겨졌다. 그 침대가 아버지에 의해 서랍장으로 재탄생된다. 자녀들이 자라는 동안 아버지의 손길이 담겨있는 가구를 사용한다.

　나는 이 책을 읽는 내내 그 가족의 삶이 부러웠다. 새것도 아니고 헌 합판 한 장에 삼십여 년의 추억이 깃들어있다니…. 못 하나까지도 재활용해서 쓰는, 실제로 목수가 아니고 약사였던 아버지를 그리워하는 내용이다. 작가는 엄격하면서도 모든 물건을 아끼고 사랑하는 고요하고 겸손한 목수 아버지의 빈자리에 서서 지나간 시간을 회상한다.

　모든 것을 간직하고 싶어 하던 어머니 덕분에 작가는 차고에 보관된 유물들을 보면서 위안을 받고 경이로움까지 느끼게 된다. 유물에는 아이들이 어렸을 때부터 가지고 놀던 작은 빈 약통부터 색으로 치장된 캡슐, 약품 회사 세일즈맨들이 보내온 작은 물건들, 장난감 기차의 플랫폼, 아버지와 함께 만든 소형 장난감 자동차까지. 그 시절의 장난감들을 보면서 어머니가 직접 만든 버터가 송송 박힌 롤빵처럼 포근하고 감칠맛 난다고 느낀다.

　나의 무의식의 세계에는 아버지의 부재가 있을 것이다. 반세기도 전 고모 댁에 다니러 가던 중에 불의의 교통사고로 유명을 달리하셨다. 갑작스러운 사고로 인한 아버지의 부재를 어머니가 강인한 모성애로 우리는 감싸 주셨기에, 상실감을 덜 느끼며 살았던 게 아닌가 한다. 아니 우리 가족에겐 '아버지' 이야기를 꺼내는 건 금기시했다. 이 책을 읽고 그동안 얼마나 외로우셨을까. 이제라도 용서를 구하고 위로해드리며 사랑해 드려야겠다는 마음이 들었다.

나의 아버지는 외모도 출중했고 과묵하고 도량도 넓으셨다. 전쟁이 끝난 지 얼마 되지 않아 사는 형편들이 좋지 않았다. 넓은 집은 아니었어도 갑자기 어려워진 동서네 가족을 기꺼이 받아줘 방을 내주셨다. 그 덕에 사촌들과 몇 년간 뛰놀며 지냈다. 어려운 시절이었지만 나누면 "고통은 반이 되고 즐거움은 배가 된다."는 것을 실천했던 분이다. 함께 나누면 기적이 생긴다는 말은 쉽지만, 쉬운 일은 아니다.

작가는 운전을 시작한 후 첫 사고로 다치지는 않았지만 차의 보닛이 엉망이 되었다. 그의 아버지는 스스로 고칠 것을 종용하지만 작가는 반발하고 원망과 미움으로 시간을 보낸다. 결국 조언을 받아들이며 용기를 내어서 두 달이 넘게 걸려 수리를 마친다. 작가는 뒷날 아버지의 깊은 사랑을 알게 된다. 입에 넣어주지 않고 스스로 먹을 수 있도록, 가치 있는 일을 스스로 시작하도록 단호하게 훈육하는 아버지의 그런 사랑이 무척이나 그리웠다. 우리 아버지께서 지금 살아 계시다면 철없는 딸에게 어떤 가르침을 주실까 하는 생각을 하니 더 그리워졌다. 꿈에서도 당신 모습을 보여주지 않으시는 것이 내게 많이 섭섭하셨던 것 아닐까 하는 생각이 들기도 했다.

가세가 어려워진 우리 가족은 양평에서 서울 종로로 이사를 했으나 아버지를 반기는 직장이 쉽지 않았다. 살림을 더 줄여 논과 밭이 있던 전농동으로 이사를 하게 되었다. 아내나 자식에게 최고의 남편이자 아버지가 되고 싶었던 분이었지만 세상은 녹록하지 않았다. 팡파르 한 번 제대로 받아보지 못한 여의치 않았던 분의 삶을 반추하니 가슴이 아려왔다. 지금에 이르러 후회해도 이미 내 곁에 계시지 않으니…. 철이 없기는 했어도 아버지의 고뇌나 가여움보다 현실에서 어머니의 고단함이 내게 더 안타까웠던 것이 아니었을까.

아버지 사랑을 듬뿍 받은 사람들이 유년 시절을 추억하며 그리워할 때 나는 떠오르는 게 별로 없어서 조금은 원망스러웠다. 아니 애써 떠올리고 싶지 않았던 것은 아닐까. 나를 기르며 기뻐하셨고 사랑해 주셨을 거라 믿는다. 아비 없는 자식이 있겠는가. 또 사랑하지 않는 자식이 있을 리 없다. 자식을 키워보니 부모의 마음을 헤아려 알 수 있다. 다른 아버지들처럼 그다지 살갑진 않으셨으나 그 시절의 아버지는 우리 가족에겐 큰 산이었다.

집에 불이 난 적이 있었다. 언니는 아버지와 박은 사진이 남아 있는데, 나와 동생은 함께 찍은 사진 한 장 남은 게 없으니 마음이 더 허하다. 기억의 한 조각을 잃은 셈이다.

지금에 와서야 아버지의 고뇌가 가슴에 절절하게 느껴진다. 그동안 이해하고 위로해드리지 못해 죄송한 마음뿐이다.

부끄럽지 않게 살도록 가르치셨을 나의 아버지, 사랑합니다. 불효한 이 여식을 용서해주세요. 이제라도 사랑의 팡파르를 울려드리고 싶습니다.

이봉순_ 내 안의 초대

10프로 남았어요

귀에 이상을 느낀 지 오래되었다. 사십여 년 전 작은아들 출산하고 육 개월쯤 후에 이명과 어지럼증이 왔다. 시부모님과 시누이들, 연년생으로 출산 후 큰아들과 작은아들 등 열 식구의 살림이었다. 그즈음 이명이 찾아와서 병원에서 치료를 받았는데 완치가 된 줄 알고 살았다. 오십 후반쯤에도 잠시 앓았고, 요즘도 가끔 그 증세가 있다.

운전면허증을 따면서 적성검사에서 청력이 떨어진 것을 처음알게 되었다. 언제부터인가 오른쪽 귀로 전화 통화하기가 불편함을 느끼기 시작했다. 이비인후과에서는 청력이 떨어진 것을알고 있냐고 물어서 그렇다고 했는데, 딱히 치료 방법은 없다고 한다.

그동안 보청기를 안내해주는 의사도 없었다. 예전에 시할머니께서 보청기를 사용하셨는데, 윙윙 울려서 불편했다는 말을 들은 적이 있었다. 그래서인지 알려고도 하지 않았고, 더 노인이 되어야 착용하는 것으로 생각하며 지내왔다.

며칠 전 보청기를 체험하는 곳에 검사를 받으러 다녀왔다. 이비인후과에서 하던 것과 비슷한 몇 가지 청력 검사를 했다. 마음은 착잡했지만 어떤 결과가 나오더라도 받아들이려는 마음으로 앉아 있었다. 검사 결과 청력이 10프로 정도 남았다고 했다. 보청기가 의미 없다는 뜻이란다. 그동안 나를 돌보지 않아 도움을 받을 기회조차 잃게 된 것이다. 큰 기대를 한 것은 아니었지만, 그래도 너무나 허탈했다.

얼마 전에 연극을 볼 때인데 이순재 선생님의 대사가 귀에 들어오지 않았고, 독서회에서 회원들이 발표하는 내용을 정확하게 알아듣지 못하는 경험을 하곤 했다. 그러던 차에 남편 친구 부인이 보청기를 하게 되었다는 이야기를 듣고, 연유를 묻다가 나도 검사를 해보았다. 그나마 왼쪽 청력은 나이에 비해 썩 괜찮은 편이어서 오른쪽 귀가 불편해도 그런대로 지낼 수 있었던 것 같다. 그것만으로도 얼마나 다행인지 감사했다. 청력사가 내가 충격을 받을까 해서인지 무척 친절하게 소음이 심한 곳을 피하고, 건강관리를 잘해서 왼쪽을 보호하라고 했다. 그의 친절함이 나에게 작은 위로가 되었다.

나오시마를 여행했을 때 선착장에서, 나는 호박을 작품화한 조형물을 처음 보았다. 미술에 문외한이었던 그때 '쿠사마 야요이'를 처음 알게 되었고, 그 뒤 제주도에서 본 적이 있다. 그녀의 부모님은 사이가 좋지 않았고, 구타와 훈계를 받고 자라서인지 상처가 꽤 컸다. 불안정한 시간을 보내면서 유일한 즐거움이 그림을 그리는 것이었다. 열 살부터 물방울과 그물 무늬를 그렸는데, 병 때문에 그림을 그렸다고 했다.

그녀는 늘 꽃과 호박을 보며 살았다. 부모님이 종자 농장을 경영해 왔기 때문이다. 농장 안의 꽃밭에 들어갔다가 충격적인 경험을 하게 된다. 그녀를 둘러싸고 있는 수많은 꽃이 달려들어 자신의 존재를 소멸시키려는 느낌을 받는다. 이 경험이 작품세계에 재현되고 있으며 작품세계가 더 넓어졌다고 한다. 똑같은 영상이 자꾸 밀려오는 공포를 이겨내려고 치유하는 방법으로 창작활동을 하였다니…. 강박과 환각을 예술에 투영하며 결핍이나 결점을 극복하고 승화시키는 혜안이 있었나 보다. 그녀는 예술적 소양을 타고난 게 아니었을까. 나이 오십쯤부터 정신 병원에 입원하면서 작업실을 그곳에 두고 생활하고 있으며, 곤혹스러운 병을 가지고도 아흔이 넘었지만, 예술에 혼을 불어넣으며 창조의 삶을 살고 있다.

내가 첫아이를 가진 후, 부모님이 새집을 지어 그 집으로 입주를 하였다. 임신 중이었지만 낮잠을 잘 수 있는 사정이 허락되지 않았다. 입주는 했지만, 창문에 유리도 미처 끼우지 않은 상태여서 공사 마무리를 하려는 인부들이 자주 드나들어야 했다. 그해 여름에 첫 아이가 태어났고, 그즈음 시아버님께서는 퇴직하셨다. 그때는 시어머니께서 외출을 자주 하셨다. 대식구의 삼시세끼 식사 준비와 첫째 돌보며 둘째 임신으로 힘든 시간이었다. 가족들이 아이를 봐주었어도, 손에 물이 마를 시간이 없었다. 살림과 육아를 하면서 나는 존재하기는 하지만, 존재가 없는 삶을 살아 온 것 같다. 지금까지도 내게 주어진 과제를 마치지 못해 시어머니를 모시는 중이다. 일상에서 헤어나지 못해 나는 몸과 마음에 갈증을 느끼며 지냈다.

곤혹스러운 공포를 이겨내며 창작에 인생의 반세기를 살아온 '쿠사마 야요이'를 생각하다가 못난 자신에 머물러 있는 나를 본다. 나름 자족해야 노년이 행복하다는 말에 한쪽 귀라도 멀쩡하다니 감사할 일이지 않은가. 양쪽을 다 듣지 못하는 장애로 불편한 사람들을 생각하면, 한쪽은 건강하지 않은가. 오늘도 살아 있음에 이 글을 쓰고 있으니 감사하자. 한 쪽 귀가 닫혔다고 감성도 메말라 버렸을까. 소망 하나, 한쪽 귀가 닫혔더라도 대신 문학적인 감성의 문이 열려주었으면 하고 꿈꾸며 나를 다독인다.

콩 세 알

새벽길을 나섰다. 소풍 가는 아이처럼 들뜬 마음으로 여주로 가는 길이다. 전에는 남한강을 끼고 팔당을 지나 양평 쪽으로 다녔다. 새벽안개의 몽환적인 분위기를 보고 즐기는 것이 좋았는데, 위례로 이사하고는 그 행로가 바뀌어 아쉽다. 팬데믹으로 2년 이상 자주 못 보며 지내던 자매들과 '가재 잡고 도랑 치듯' 얼굴도 보고 콩 심는 일을 해보자고 해서 나선 길이다.

결혼하기 전 남편이 처음으로 나를 데려간 곳이 신륵사였다. 그 이후에는 선산에 가거나 작은어머니댁에 가는 일 빼고는 여주에 놀러 가 본 적이 거의 없다. 사촌 시동생이 결혼식을 했을 때 밖에는 생각이 나지 않는다. 그때는 결혼식이 목적이었지만 뒤풀이 겸해서 가족들이 명성황후 생가와 영릉을 둘러보며 사진도 남겼다.

이번에도 그냥 소풍만 가는 것은 아니다. 보고 싶은 자매들을 만나는, 소소한 행복을 멀리하고 지냈던 터라 모두 기대에 부푼 모양이었다. 농사를 짓지 않고 땅을 놀리면 벌금을 부과한다는 말에 콩이라도 심어 보자는 결정을 했다. 오늘의 지휘자는 농사 경험이 있는 형부요, 우리는 시키는 대로 잘 따라하기로 했다. 오월의 날씨인데 삼십 도가 넘는 더운 날씨여서 일찍 서둘러야 했다.

준비해야 할 것이 많아서 얼음물 준비는 하루 전부터 서둘러야 했다. 일은 뒷전 같았고 동생과 나는 고기와 과일 등 먹을거리를 챙기면서 벌써 마음은 콩밭에 가 있다. 여섯 명이 역할 분담을 하였다. 농사에 필요한 농기구, 제초제와 예초기는 물론 호미는 필수고, 햇빛을 가릴 가림막과 파라솔도 오랜만에 빛을 보게 되었다. 이웃집에 준비해간 삼겹살 고기와 과일을 드리면서 물을 좀 얻을 수 있을지 여쭈었다. 이웃집 내외분이 친절하게 마당에 있는 물이 지하수이니 편하게 쓰라고 하셨다. 하지만 우리는 형부가 혹시나 해서 충주에서부터 직접 실어 온 다섯 통의 물을 쓰고도 남겼다. 형부의 세심함이 놀라웠다.

오늘 밭에는 흰콩과 검은콩, 납작호박을 심기로 했다. 콩은 농사 중에서 큰 보살핌이 필요하지 않은 작물이라서 선택한 것이다. 납작호박은 호박죽을 끓이거나 말렸다가 시루떡에 넣으면 천연의 단맛을 느낄 수 있다. 콩은 우리의 식탁에 없어서는 안될 만큼 중요한 단백질 식품이다. 겨울에는 돼지 등뼈에 갈아넣어 콩비지 탕을, 여름에는 깨와 함께 갈아 차게 식힌 콩국수를 별미로 자주 식탁에 올린다. 콩 종류가 많이 있지만, 오늘은 검은 서리태와 흰콩을 심기로 했다. 우리 가족은 완두콩을 좋아하는데 파종 시기가 끝났다고 해서 아쉬웠다.

호미로 작은 구덩이를 파고 한 구멍에 콩 세 알을 넣고 흙으로 덮고는 발로 살짝 눌러 주었다. "한 알은 쥐가 먹고, 한 알은 새가 먹고, 한 알을 우리가 먹는다."고 했다. 그래서 세 알을 심는 것이라니 농부의 지혜와 덕이 빛난다. 올해처럼 가뭄이 계속되어 농사의 어려움을 겪고 있는 것을 보면 자연의 도움은 절대적으로 필요하다. 우주 만물 중 한 개체일 수밖에 없는 인간은 자연과 더불어 살아가는 존재이다. 예로부터 수확의 기쁨을 맛보기에 앞서 신에게 바치는 공희(供犧)로 고시래 '고수레'를 한다. 우주에 속한 천지인(天地人)으로 천, 지와 우리는 분명 다르다. 우리의 의지로 소통과 나눔의 삶을 산다면 지상에서도 천국을 살게 되는 뜻이 아닐까.

갑자기 더워진 날씨에 뜨거운 햇살을 이겨내기란 힘든 일이었다. 태양의 도움으로 인간이 발전할 수 있었는데, 나약한 우리는 자연 앞에 겸손할 수밖에. 연약해 보이기만 한 식물이 실은 생명력이 무척 강인하다는 사실이 새삼 경이롭다.

호박은 구덩이를 파고 물을 부어 놓았다. 호박 모종을 넣고 주변의 젖은 흙으로 덮어주고는 퇴비는 좀 멀리 뿌려 주었다. 호미질하며 콩과 호박 심기를 하면서 농부들의 노고에 숭고함이 마음에 들어앉았다. 직파하는 기계도 있는데 땅이 메마르고 단단해서 그냥 호미로 작업을 해야 했다. 납작호박 열 포기와 흰콩과 검은콩을 각각 네 두렁씩 심었다. 햇볕에서 흙을 만지며 노동을 한 뒤라서인지 평소에 먹지 않던 냉수가 무척 달았다.

정오의 볕이 뜨거워 작업을 그만 쉬기로 하고 점심을 준비했다. 오랜만에 파라솔 아래에서 고기 구워 먹으며 자매들과 보내는 시간이 즐겁고 행복했다. 함께 할 수 있어서 감사하고 모두 건강하길 기도했다. 세 자매의 밥의 색이 각각 달랐다. 팥밥, 완두 콩밥, 몇 가지 섞은 잡곡밥 등 찬도 제각각 웃음꽃을 피웠다. 작년부터 더위에 약해진 남편을 그늘 한쪽에 쉬게 하고, 나머지 마무리 작업을 하러 형부를 따라나섰다.

오늘 땀 흘려 심어놓은 콩과 호박, 수확도 못 하고 혹 고라니에게 다 먹힐 수도 있다는 염려가 슬그머니 고개를 내밀었다. 그렇다면 고라니를 원망하고 허망할 수도 있겠다는 생각도 했다. 하지만 어쩌랴, 허수아비로 그곳에 보초를 설 수 없는 노릇이니 웬만큼 각오는 해야겠다. 고라니가 먹고 조금만이라도 남겨주기만 바랄 뿐이었다. 열흘 뒤쯤 밭에 콩 싹을 보러 와서 물을 줄 겸해 다시 만날 때는 양평 해장국을 먹자고 의견을 모았다.

더운 날씨에 일은 힘들었지만 즐거움이 더 컸다. 농사는 전혀 해보지 않아서 어찌해야 할지 궁리하던 차였는데 형부 덕분에 일이 순조롭게 해결되었고, 일석삼조의 효과를 거둔 셈이었다. 작물을 제대로 수확하려면 물도 주고 약도 때로는 필요하겠지, 잡초도 뽑아주고 가지치기도 해주어야 튼실한 작물을 수확하는 것처럼 내 마음도 끊임없이 돌봐주어야 '어른 아이'가 되지 않고 성숙한 노인이 되리라.

오늘 심은 콩 세 알 중 과연 얼마나 콩깍지에 콩이 열릴지 기대하는 마음으로 지금부터 설렌다. 콩도 호박도 잘 자라야 할 텐데. 우물에 가서 숭늉 찾는 격으로 나눌 사람을 손에 꼽으며 마음은 벌써 콩밭에 가 있다.

하루 농부는 콩 수확할 꿈에 부푼다.

시선 맞추기

손녀의 여섯 번째 생일이라고 초대를 받았다. 시어머니를 모시고 큰아들 집으로 갔다. 며느리가 솜씨를 발휘하여 조촐하게 점심상을 준비해 놓아 즐겁게 식사를 마쳤다.

남편은 손녀가 좋아하는 아이스크림을 사주겠다며 손녀를 데리고 나갔다. 그런데 얼마 지나지 않았는데, 손녀가 울면서 들어왔고 남편은 아이스크림이 든 큰 종이가방을 들고 어쩔 줄 모르는 표정으로 따라 들어 왔다.

기분이 좋아져서 들어오려니 했는데…. 왜 우는지 어미가 물었더니 "할아버지하고 테이블에 앉아 컵 아이스크림을 먹고 싶었어."라고 했다. 하지만 손녀의 마음을 눈치채지 못하고 남편은 함께 먹을 용량의 큰 통에 담긴 아이스크림이 녹을까 해서 집으로 가야겠다는 생각뿐이었다니. 어린아이의 마음을 헤아리지 못해 일어난 해프닝이었다.

아들 둘을 키울 때는 살림이 넉넉지 않아서이기도 했지만, 식당이나 아이스크림점에 아이를 데리고 가서 사준 기억이 별로 없다. 부모님 생신이나 기념일을 빼고는 주로 사다가 집에서 먹이는 편이었다. 우리 부부가 사내아이만 키우다 보니 잔잔하게 마음을 쓰는 일이 익숙하지 않다. 남편에게는 여동생 둘이 있었지만, 외아들로 혼자 생활하고 독립적으로 지냈던 것 같다. 그래서인지 모르겠지만 가끔 보는 손녀의 눈높이를 맞추는 데는 서툴렀던 것이 아닌가 한다. 아이가 좋아하는 캐릭터 이름을 들어도 금방 잊고는 대화가 궁색해지곤 했다. 자주 만나다 보면 손녀가 흥미를 느끼는 것을 잘 알 수 있겠지만, 이삼 주에 한 번 만나니 그럴 수밖에.

얼마 전 일이었다. 그날 가족들이 모여 식사를 했다. 손녀가 안방에서 뭔가를 준비하는 모습이 꽤 진지했다. '굿 다이노'라고 기억되는데, 포스터를 그려 안방 벽에 붙이고 입장권을 만들어 가족들에게 나누어 주었다. 출입구라는 표시도 붙여놓고 그때 손녀가 공룡을 좋아해서인지 다양한 공룡 그림을 그려놓았다. 관람 태도가 좋은 사람에게 상품으로 줄 거라고 했다. 제 아빠와 삼촌을 출연시킬 배우라며 안방 드레스룸과 화장실에 대기하라고 했다.

증조할머니인 시어머니를 비롯해 가족들을 안방에 모이게 하고는 드레스룸 커튼을 닫았다. 어미 핸드폰에서 음악을 찾아 틀고는 곧 시작을 알리면서 조용히 하라고 했다. 아이가 혼자 준비하는 모습을 가족들은 흥미롭게 지켜보았다. 그런데 시간이 지나면서 지루해진 남편이 침대에 기대어 잠이 들었다. 흔들어 깨워도 눈이 자꾸 감기는 모양이었다. 시어머니도 알아듣기가 어려우셨는지 나가셨고, 아이의 작은엄마와 나, 어미 세 사람만 끝까지 손녀의 진행을 지켜보았다.

손녀의 공연은 끝났다. 나는 남편이 잠들었던 걸 손녀가 알까 걱정이 되었다. 아니나 다를까. "할아버지와 증조할머니는 관람 태도가 좋지 않았다."고 입을 삐죽거렸다. 이제 두 사람과는 뽀뽀도 안 하겠다고 선언했다. 끝까지 관람 태도가 좋았다며 남은 세 사람에게는 공룡 그림을 선물로 주었다. 지난번 손녀의 마음을 상하게 한 것도 만회하지 못했는데, 오늘도 마음을 얻지 못했다.

나는 남편과 소원한 관계를 풀어줄 기회를 엿보다가 아이스크림 먹으러 가자고 손녀와 나가면서 남편을 앞장서게 했다. 세 식구가 테이블에 둘러앉아 웃으며 맛있게 아이스크림을 먹으며 할아버지가 혜나의 마음을 몰라줘서 미안하다고 사과를 했다. '굿 다이노' 연출은 아주 멋졌고 앞으로 훌륭한 연출가가 될 수 있을 거라며 칭찬을 해주었다.

사람의 관계에는 관심과 정성, 진정 어린 마음을 서로 표현해 주어야 좋은 관계를 유지할 수 있다. 떨어져 지내다 보니 손녀에게 관심이 부족했다. 아이의 눈높이에 맞추지 못하고 우리의 시선으로만 대했던 게 아니었나 싶다. 시어머니와 하루하루 지내다 보면 사실 관심을 가질 여력이 없기도 했다.

남편과 나는 손녀를 가슴 가득 사랑으로 품고 있다. 그럼에도 우리는 그 사랑을 표현하는 기술이 부족했다. 가까운 가족일수록 시선을 맞추는 대화와 표현을 해야, 좋은 관계로 발전할 수 있음을 손녀를 통해 한 수 배웠다.

알 수 없는 노래

　겨울을 봄처럼 보냈다. 지난해 겨울부터 붉은색 영산홍이 수줍게 얼굴을 내밀더니 꽃을 피우고, 재스민도 경쟁하듯 피었다. 때를 모르고 꽃을 피우고 있으니 정작 봄에는 어쩌려고 이러나 싶었다. 호접란도 질세라 두 화분에서 오십여 송이 넘게 백일이 넘도록 봄이 된 지금까지 꽃을 피우고 있다.

　시어머니께서는 뭐든 예쁜 것을 좋아하지만 그중에서도 꽃을 유난히 좋아하셨다. 몹쓸 병이 깊어져 꽃을 따서 잡수시기 때문에, 방에 꽃을 놓아 드리지 못했다. 그러다가 지난해 구월 말경 또 넘어져 손목과 고관절에 문제가 생겼다. 이미 큰 수술을 네 차례나 하셨고 아흔여섯의 연세에 의사는 수술이 어렵다고 해서 누워 계신다. 튼튼하던 다리도 가늘어졌다. 또 꽃을 보면 따서 드실 것 같아서 보여드리지도 못했는데 얼마 전부터는 그리 좋아

했던 꽃에도 관심이 없어진 듯했다.

다섯 달 전부터 누워만 있다 보니 욕창이 생겼다. 식사도 잘하고 노래를 부르시니 크게 나쁘지 않은 줄 알았다. 내 곁에 더 있어 봐야 효도 받을 게 없다고 생각하셨을까. 아니면 너무 괴로움이 크셨던 걸까. 한 달 전 홀연히 하늘나라로 떠나셨다. 그렇게 황망히 가실 줄은 미처 짐작도 못 했다.

신혼 때부터 시어머니는 내게 버거운 분이셨다. 소심한 나는 시어머니께 한 걸음 다가섰다가는 매번 상처를 받게 되자 어머니가 점점 두려웠던 것 같다. 그저 피하고만 싶었던 게 맞을 것 같다. 나는 상처를 받는 것보다는 덤덤하게 지내는 편이 편할 때도 있었다.

생전에 좀 더 살갑게 대해 드리지 못해서 '죄송해요'를 마음속으로 반복한다. 생각하지 않으려고 몸을 바삐 움직여보기도 한다.

지인들이 용변에 문제가 있는 분을 집에서 모시는 일은 힘들다고 했지만, 나는 후회를 조금이라도 덜 하려고 모셨다. 지금은 송구한 마음만 남아 시어머니 방 앞을 지나기가 어렵다. 조문 오신 분들은 요양원에 모시지 않고 집에서 모셨다고 효자 효부라 했지만, 듣기에 송구하고 민망함이 더 컸다.

시어머니께서 떠나시고 나니 후회만 남는다.

아직 이별의 시간이 남아 있는 줄 알았다. 무릎이 비교적 건강해서 한두 번 앓았을 뿐인데 오 개월째 누워 계시니 안타까울 정도로 마르셨다. 다리 한번 주물러 드리지 않은 것도 마음에 걸린다. 누워만 계실 때 다리가 많이 저리기도 했을 텐데. '긴 병에 효자 없다'라는 옛말 그대로 보인 셈이다. 욕창 치료에만 신경을 썼다.

시어머니는 몇 달 전부터 노래를 부르셨다. '석별의 정' 노래 곡조에 일본어 가사를 바꿔 가며 계속 부르시곤 했다. 처음에는 우리와 이별을 준비하시나 해서 마음이 울컥했던 적도 있었지만, 시간이 지나면서 마음이 무뎌져 갔다. 알 수 없는 일본 노래에 내 마음이 따라다니는 게 싫어서, 우리 노래를 부르시라고 할 때가 있었다. 그러면 아리랑, 고향의 봄을 한 소절씩 부르다가 다시 일본 노래를 부르셨다. 무슨 노래를 부르는 걸까. 알 수 없는 시어머니의 노래가 혹여 당신의 괴로운 마음을 풀어내는 방편이었을까. 측은지심으로 정성을 다하지 못한 기억들이 순간순간 떠올라 가슴이 먹먹해 온다.

아직 내 마음에 봄은 오지 않고 추운 겨울이지만, 곧 봄이 오겠지.

따뜻한 말 한마디

큰아들 가족이 처가인 충주에 다녀오다가 교통사고가 났다. 정지된 차를 뒤늦게 발견하고 멈추려다 접촉이 있었고, 충격을 줄이려고 자기 차를 우측으로 꺾다 보니, 조수석 쪽 라이트가 파손되어 차 모양이 큰 사고 같아 보였다. 손녀와 며느리가 뒷좌석에 타고 있었다.

다행히 세 식구에게 별 상처는 없었고 손녀가 어지럽고, 며느리 손목이 아프다고 해서 병원에 가서 검사했는데 외상은 없다고 해서 그나마 안심을 했다. 며칠 지켜보며 증상이 지속되는지 살펴보고 있다.

남편은 아이들의 행동거지에 엄격한 편이라고 할 수 있다. 부주의했던 실수에 대해 지적을 들을 게 뻔했다. 어쩌다 한 번 실수한 것에 대해 본인이 이미 느끼고 알고 있으면, 그 일을 자꾸 반복해 말하는 것에 나는 반대의 목소리를 내기도 했다. 가족을 둔 가장인데 말 안 해도 그들이 잘 알고 있다. 남편은 그나마 큰소리를 내는 것은 아니어서 다행이지만, 너그럽지 않아 나는 지청구를 하게 된다. 가정을 이룬 뒤 참견을 하지 않는 것이 다행이라고 생각하고 있었다. 아니 그 부분은 큰아이 결혼시킬 때부터 남편은 간섭이나 기대하지 말자고 내게 부탁처럼 말했었다.

그런데 이번에는 안전에 대한 문제여서인지 가족을 태우고 어떻게 사고를 냈냐고, 차간거리 운운하며 못마땅해하는 눈치다. 놀랐을 아이를 위로는커녕 에둘러 말할 줄 모르는 줄은 알고 있었지만 나무람이 심하다는 생각이 들었다. 자신은 실수하지 않는 편이어서 자식들의 실수에 관대하지 않아 나는 속을 태우곤 했다.

남편에게 어른답지 않은 것 같다며 가족이 무사했으니 따뜻한 위로를 해주면 좋겠다는 생각에 "한 번 실수인데 앞으로 더 조심하겠지요."라고 아들을 변호했다.

이천에 있는 견인차업체에서 아들 차를 보관하고 있다고 해서 찾아갔더니 아들 차를 폐차해야 한다고 했다. 차를 마주 대하고 보니 세 식구가 무사했다는 사실에 다시금 절로 감사한 마음이 들었다. 하지만 남편은 견인업체 사람들의 이야기는 들은 척도 하지 않고 사진 여러 장을 찍고, 차 문을 열어보기도 하고 에어백이 멀쩡한 것을 보고는 바로 자동차정비공장을 찾아가 상담을 했다. 엔진도 별로 문제는 없어 보인다며 폐차할 정도는 아닌 것 같다고 말했다. 사오백 만원 정도 견적을 예상한다면서 실물을 안 봐서 정확한 것은 아니라고 했다. 우리가 살고 있는 근처의 정비공장으로 차를 보내라며 남편은 그 차에 대한 견적을 받더니 고치기로 마음을 정했다.

아들 식구들은 놀란 가슴으로 아직 차에 대한 두려움인지 트라우마가 있는 거 같았다. 차를 수리해 타는 것에 대해 달가워하는 눈치가 아니었지만, 시간이 지나면 해결이 되겠다 싶었다. 하지만 처음 겪는 사고로 얼마나 놀랐는지. 며느리와 손녀는 그 차를 쳐다볼 엄두도 탈 생각도 없다는 거였다. 며칠 만에 차는 전보다 더 깨끗하고 멀쩡하게 수리가 되어 있었다. 수리비는 훨씬 줄어 보험에서 이백만 원을 충당하고 추가로 오십만 원을 더 냈다. 견인업체에서는 폐차해야 한다고 으름장 비슷하게 말했는데. 예상보다 적은 비용으로 말끔하게 고쳐서 결국 우리가 쓰게 되었다. 평소에 남편을 우리 집 '맥가이버'라 애칭으로 불러왔는데 이번 일도 본인이 고친 것은 아니지만 결과는 그와 일맥 통하는 것이라는 생각이 들었다.

아들이 "아버지 수고하셨어요"라고 한 말 한마디가 못마땅했던 남편의 마음을 녹인 듯하였다. 가족끼리는 왜 따뜻한 말에 인색할까. 지인끼리는 늘 친절하고 따뜻한 말을 잘하면서 가까운 가족일수록 살갑고 따뜻한 말 한마디 하는 것을 어려워한다. 평소에 훈련이 필요하다. 큰며느리를 맞으면서 나는 자식들에게 상처를 주지 않으려고 마음속으로 다짐을 했었다. 가족끼리 주고받는 따뜻한 말 한마디는 집안 분위기를 훈훈하게 만드는 원동력이 된다.

4 ―
꽃,
피
다

상상으로 떠나본 여행

　일상을 뒤로하고 해방감이라도 느껴보려는 것일까. 여행을 떠
난다는 이야기가 자주 들려온다. 코로나가 해제되자 그동안 미
뤄두었던 여행을 떠나려는 사람들이 많은가보다. 가족이나 지인
들, 친구들과 함께 하는 여행이라면 국내 외 어디든 장소가 중요
한 것이 아닌 것 같다. 젊게 사는 방법의 하나가 여행이라고도
한다. 아마도 새로운 곳에 대한 기대와 설렘 때문이 아닐까.

　나는 이번 여름에 발을 다쳐서 아이들과의 모처럼의 여행을
포기할 수밖에 없었다. 여행 프로를 보다가 내가 꼭 가 보고 싶은
여행지가 어딜까 상상해본다. 국내 어디 계곡이라도 좋겠지만,
고요한 숲이나 호숫가에 가서 나뭇잎에 스치는 바람 소리 새소리
를 듣고 싶다. 또 바다에 가서 수평선을 바라보며 모래사장을
걷기도 하고 파도와 바람을 만나도 좋다. 오랜만에 강릉 선교장

과 허난설헌 생가를 둘러보고 싶기도 하고, 합천 황매산에 가서 군락을 이루고 있는 철쭉도 보고 싶다. 군락으로 있는 것은 눈길을 끄는 힘이 있는 것 같다. 발이 낫는 대로 우선 충북 옥천의 장령산 산림욕장에서 걸어봐야겠다.

국외 여행지로는 멋진 곳이 많지만 지금은 그랜드캐니언이 떠오른다. 다음으로는 튀르크에, 스위스와 호주를 꼽아본다. 중국어를 배우고 있으니 중국 여행이 좀 자유로워지면 꼭 가려고 한다. 예전에는 산티아고에 가고 싶다는 꿈이 있었지만, 이제는 체력의 한계가 있으니 그곳은 일찌감치 마음에서 접었다. 그러나 상상 속으로는 열 번도 더 걷고 있다.

그 중 '그랜드캐니언'은 사십여 년 전에 남편이 다녀와서 알게 된 이후 꼭 한번 가 보고 싶다고 생각은 했지만, 워낙 갈 곳이 많아 뒷전으로 밀려나 있었다. 사실 그곳에 가고 싶어도 동행할 사람이 없기도 했다. 혼자서 갈 수 있는 용기도 없었고, 친구와 함께 어울려 다니거나 가족들과의 여행에 익숙해 있었기 때문이기도 했다. 너무나 유명한 이곳은 사상 최대이며 최고의 예술품과 같다고 해야 그 이름에 걸맞지 않을지. 오래전에 사진으로는 보았지만, TV에서 다시 영상으로 보았을 때는 감동이 더 컸다. 그야말로 신비의 세계다. 가서 직접 본다면 그 감동은 배가 되리라.

그랜드캐니언은 애리조나주에 있는 거대한 협곡으로 미국의 국립공원이다. 이십 억 년 전에 생성된 것으로 알려져 있으며 세계자연 유산으로 유네스코에 지정되었다. 협곡 사이로 콜로라도강이 흐르는데 융기와 침식으로 반복된 계단 모양의 지형, 깎아지른 듯한 절벽과 다채로운 색상으로 된 단층들과 콜로라도강이 어우러져 장관이라고 한다.

내가 그랜드캐니언을 떠올린 건 이름 때문만은 아니다. 일출과 일몰 시에는 대자연이 펼치는 광경은 얼마나 장엄하고 찬란할까. 상상만으로도 가슴이 벅차다. 나는 세계 유명한 건축물에서도 큰 감동을 받곤 하지만, 이런 장엄한 대자연을 보면서 특별한 경험을 하고 싶다.

그런데 그랜드캐니언을 꼭 가고 싶은 특별한 이유라도 있는 것일까. 여행이 자유롭지 않았을 때부터 내 마음에 있었던 것 같다. 이유야 어떻든 우리나라에서는 볼 수 없고 특별하고도 웅장하며 아름답고 신비로워서 더 가고 싶은 게 아닐까.

아무튼 발이 회복되고 기회가 된다면 체력을 키워 도전해보리라. 남편은 그랜드캐니언을 두 번이나 다녀왔으니 흥미를 못 느낀다면 나는 좋은 친구와 함께 할 수 있기를 꿈꾸어본다.

젊었을 때는 시간과 돈이 문제였는데 이제는 긴 일정에 따른 무게를 더하는 캐리어를 끌고 다니는 일도 부담이 된다. 또 많은 것을 봐도 기억에 한계가 있기도 하다. 이제는 쉬는 여행이 우리에게 필요한 것 같기도 하다.

제일 편안한 곳이 집이지만 고생길을 감수하면서도 여행에 대한 꿈을 포기할 수는 없다. 한동안 많은 것을 보려고 했다면, 이제는 여행하면서 자신을 들여다보고 우주 속의 미미한 존재임을 느끼고 싶다. 또 너무 먼 곳에 가려면 체력의 한계가 있어서 안전하고 가까운 우리나라 구석구석을 살피는 여행에 관심을 갖게 된다. 역사 공부를 더 해서 역사 탐방하는 그런 여행도 좋겠다.

무더운 여름날, 돈 하나 들이지 않고 그랜드캐니언을 비롯하여 국내외 관광지를 상상으로 두루 여행하면서 더위를 잠시 잊어 보았다.

봄이 수평으로 펼쳐진다

부엌 창밖에 눈길이 머문다. 풍경이 고즈넉하여 마음이 평화로워진다. 때때로 삶이 마음과 같지 않아 지칠 때 부엌 창밖을 내다보면 답답하던 것이 가라앉기도 한다. 계절의 변화에 맞춰 풍경도 달라지니 설거지를 하는 동안 마음과 눈이 그곳에 머문다. 어느 땐 하늘을 올려다보며 새처럼 날고 싶다는 상상을 하기도 한다.

이곳에서 살게 된 지 구 년이 되었다. 처음 이사 와서 부엌 창문으로 영화나 소설에 등장하는 숲속의 산장 같은 멋진 집을 발견하였다. 그 집을 바라보면서 어떤 사람이 살까 상상의 나래를 펼치곤 했다.

이봉순_ 내 안의 초대

남한산성이 있는 청량산 줄기의 서남쪽 산 아래로 골프장이 보이고, 숲속 산장에 요정이 나올지도 모른다는 생각으로 즐기기까지도 했던 그 집이 클럽하우스라는 걸 알게 되었다.

그런데 같은 풍경을 매일 접하다 보니 처음 감동으로 바라보던 마음은 어디로 가버리고 무덤덤하고 시들해졌다. 클럽하우스도, 숲으로 보이던 산도 감동 없이 바라본다. 앙상한 가지를 드러낸 삭막한 겨울 숲은 지루하다. 지금은 골프장마저 닫아 더욱 황량하다. 눈이 내려 밖의 풍경이 하얗게 바뀌면 쓸쓸하고 메말랐던 감성이 촉촉해져 아이 같은 마음이 된다. 오늘은 봄바람이 불어오는 듯 따뜻하다. 손녀의 손을 잡고 아파트 담장을 지나 전망대에도 오른다. 산에는 아직 잔설이 군데군데 남아 있으나 계곡에 얼어 있는 얼음도 전과는 다르게 보인다. 어린 까치가 이 나무에서 저쪽 나뭇가지로 옮겨 다니며 나는 연습을 부지런히 하고 있다. 손녀가 걸음마 연습하던 때를 떠올리며, 새들도 걸음마 연습하는 거라고 하면서 함께 응원해주었다. 오늘은 새들도 봄바람에 이끌려 나들이를 나왔는지 오랜만에 듣는 맑고 고운 새소리도 반갑다.

손녀가 할머니와 함께 오기를 잘했다며 다음에는 딱따구리와 뻐꾸기, 다람쥐, 청설모도 볼 수 있느냐 묻는다. 방학 중인데 간

혀 지내다가 탁 트인 전망대에 올라 좋았던가 보다. 자연 공부를
조금이나마 한 셈이다.

우수가 지났으니 며칠 지나면 땅을 헤치고 봄의 전령사인 복수
초도 곧 얼굴을 내밀고 청아한 물소리도 들려주리라. 따스한 볕
과 산바람이 우리에게 연녹색의 아기 손가락 같은 새잎으로 희망
을 속삭여 주고, 색색의 꽃과 향기로 봄의 정취를 만끽하게 해줄
것 같다.

봄의 절정인 오월이 되면 창을 열고 나가서 온 동네를 휘감고
있는 아카시아 향기를 즐길 수 있다. 개구리와 맹꽁이 소리도
여간 듣기 좋은 게 아니다. 어느 때보다 봄이 간절히 더 기다려지
는 건 코로나로 사람들과 대면을 못 하고 있어 그럴지도 모른다.
이 산을 오르는 많은 사람처럼 우리는 어려운 시기를 살고 있다.
자연의 에너지가 우리를 치유해주며 힐링을 시켜주기에 숨을 고
르며 이 산을 오르는 것이리라. 새삼 산 가까이 살고 있음에 감사
하는 마음이다.

집 밖으로 나가 아파트 담을 끼고 산길로 들어서면, 가슴이
뻥 뚫리는 맑고 깨끗한 세상을 만날 수 있다. '모든 폭풍과 그
안에 든 모든 빗방울이 무지개'라고 한 '헨리 데이비드 소로'의
만능에 가까운 눈은 흉내도 낼 수 없지만, 자신을 들여다보고

의도적이고 주체적인 삶을 살아가려고 월든 숲으로 들어갔던 그처럼 혜안이 생겼으면 좋으련만….

남한산성과 행궁 주변에 소나무 군락지를 여러 곳을 만나게 된다. 이곳이 나의 월든은 아니어도 역사의 아픔이 서려 있는 이곳에서 우리들의 삶은 어때야 하는가. 자신을 제대로 성찰하고 살고 있는지, 순진무구한 소년인 소로의 눈으로 들여다보고 소박하게 삶을 살고 싶다. 인생이 고행이라는데 어른 모시고 사는 삶이 쉽지 않다. 나이 한 살을 더 먹어도 여전히 제자리에 있는 나를 본다.

산 공기처럼 내 마음도 순수하고 깨끗해졌으면 좋겠다. 창밖의 세상은 혼탁하다. 그래도 봄은 어김없이 오는데….

봄이 수평으로 펼쳐진다

자리의 힘

접시꽃이 반긴다

산책하던 길 건너편 대로변에 피어있는 접시꽃에 눈길이 갔다. 길잡이라도 되는 것처럼 길 초입에 세 그루가 우뚝 솟아있다. 어릴 적에 보던 옛 꽃이 반가워 가까이 다가가서 눈인사를 건넸다. 늦은 저녁 어두운 산책길에서도 키가 큰 접시꽃이 고개를 세우고 우리를 반겨주곤 했다.

어느 날 산책길에서 건너편이 허전하다. 가까이 가 보니 웬일인가, 접시꽃이 흔적조차 없다. 어찌 된 일일까. 조금은 꽃을 더 볼 수 있었을 텐데, 잡풀을 정리하면서 잘라버린 것일까. 누군지 모를 그 사람의 무심함이 조금은 슬퍼졌다. 내년에도 길잡이처럼 그 자리에서 우리를 다시 반겨주기를 기대해본다.

자리가 사람을 만든다는 말이 있다. '지정 생존자'라는 미국 드라마를 봤다. 미국 국회의사당에서 의회 연설 중 폭탄 테러로 대통령을 잃는 비상사태가 발생했다. 국가 최고 수장의 공백을 막기 위해서 그 권한을 대행하는 사람을 지정하는데 그 사람을 '지정 생존자'라고 한다. 9·11과 같은 최악의 위기에 빠진 나라를 이끌어야 할 막중한 책임이 그에게 지워졌다. 배우 '키퍼 서덜랜드'가 갑자기 원하지도 않았던 대통령 '톰 컬크먼'의 자리에 앉게 되었다. '지정 생존자'가 된 대통령이 크고 복잡한 음모를 해결해나가는 과정을 보여주었다.

긴장을 늦출 수 없는 정치 스릴러에 빠져들 수밖에 없었다. 뜻하지 않게 대통령직을 맡아 다양한 사건들을 해결해 가는 과정에서 원칙을 지키며, 합리적이고 따스함을 보여주는 주인공의 인간애가 돋보였다. 대통령은 영광스러운 자리가 분명하지만 그런 만큼 고뇌와 외로움도 얼마나 클까. 대통령으로서 어려움을 다각적으로 협력하며 해결해 가는 모습에 뭉클하기도 했다. 컬크먼도 처음에는 우왕좌왕하지만, 점차 그 위치에 어울리는 대통령의 모습이 되어 갔다. 우리 대통령도 예외가 아니겠지만 안정을 찾아 역사에 남는 훌륭한 대통령이기를 기대한다.

얼마 전 장로로 취임하는 친구의 취임 예배에 참석했다. 장로
가 되는 친구에게 '주변을 더 섬기고 순종하며 더 많이 기도하라'
는 목사님들의 기도와 축도가 있었다. 여태까지 그리 살았는데
앞으로 더 많은 이들을 섬기라니 내 마음이 저릿했다. 그녀에게
부여된 딸로서, 아내로서, 며느리와 어미로서, 또 교회의 장로로
서 자리를 잘 감당하려니 자신을 비우려 얼마나 애쓸까. 그녀의
어깨에 얹혀진 자리의 무게가 느껴져 안쓰러운 마음이 앞섰다.

누구든 자신에게 주어진 자리가 있다. 사람이 세상에 태어나
어린아이에서 어른으로 성장해가면서 이런저런 자리를 감당하
게 된다. 자신의 자리를 제대로 감당하려고 애쓰며 사는 게 우리
모습이다. 큰 것을 이루지는 못해도 자신이 있는 자리를 잘 지키
는 삶이 성공하는 인생이요, 행복해지는 길이 아니겠는가. 하지
만 자리를 지키기 위해 자기 자신의 꿈을 접는다거나 타인으로부
터 어떤 제약을 받는다면 행복하지 않을 것 같다. 행복은 물질이
나 높은 자리에서 오는 것도 아니고, 자신이 머무는 자리에서
원하는 것을 할 때 행복하다고 느끼는 것이리라.

가장의 자리

보통 가정의 아버지들은 가장의 자리에서 가족을 부양하며 살

아간다. 나의 부모님도 그렇게 나를 키우셨을 거다. 6·25 전쟁 이후의 어려웠던 시절, 우리를 먹이고 입히고 가르치기 위해 아버지는 일자리를 찾아야 했다. 양평에서 서울로 올라왔지만 여의치 않았다. 힘든 시간을 보내며 연약해지셨다. 약주를 자주 드셨고 처진 어깨와 등을 보이기 싫으셨겠지만, 그 시절은 모두가 가난을 끼고 살아서 그러려니 했던 것 같다. 아니 처진 어깨를 더 보이지 않으려고 일찍 우리 곁을 떠나셨나 보다.

어머니의 자리

어머니는 남편의 부재로 당신의 모든 것을 포기하면서 홀로 자식을 키워야 했다. 자동차도 없던 시절에 버선발로 과일 가게를 운영하신 어머니의 희생이 없었다면 지금의 내가 존재할 수 있었을까. 여장부 같은 분이었다. 형편은 어려웠어도 자존심은 대단하셨다. 아비 없는 자식이라는 소리 듣지 않게 하려고 회초리를 드는 걸 주저하지 않으셨다. 내가 어머니였다면 홀로 감당할 수 있었을지. '효도는 시부모님께 하는 게 당신한테 하는 것'이라며. 외며느리 입장을 미리 헤아려 주셨다. 불평이나 원망도 모르신 채 여든셋에 세상을 등지셨다.

나 역시 자식들의 어미다. 내 자식들에게 나는 어떤 어미로 기억이 될지, 잘살아야겠다는 다짐부터 하게 된다. 연년생 아들을 키우며 큰아이에게 겨우 한 살 형인데, 형의 짐을 지웠던 지혜롭지 않았던 부분도 있었다. 언제부터인가 미안한 마음에 반성도 하게 되었다.

또 며느리에게 나는 어떤 시어머니로 생각될까. 되도록 그들의 처지에서 생각해 보려고 한다. 하지만 어른 역할이 가장 어려운 역할인 듯하다.

딸과 며느리의 자리

자랄 때는 부모님에게 항상 기쁨을 주는 딸이 되고 싶었다. 하지만 결혼 후에는 염려를 끼치지 않는 딸로 살려고 했다. 친정어머니는 외며느리인 딸을 늘 안타깝게 여기셨다. 나는 부모님께 효도를 못 한 불효녀다.

나는 며느리로 사십 년 넘도록 살아왔고, 지금은 며느리 둘을 두고 있다. 가능하면 며느리에게 무리한 요구와 말, 행동을 하지 않으려고 어른으로서 도리를 지키려 한다. 나부터 시어머니는 늘 부담스러운 어른이라는 생각이 들기 때문이다. 서로 다른 환경에서 자라왔기 때문에 생각이 다를 수밖에 없다. 이해하려고 한다지만 세대 차가 존재하는 것을 어쩌랴. 애쓸 뿐이다. 외며느리 자리를 지키며 살다 보니, 분에 넘치는 효부 소리는 들었지만 나 자신을 포기해야 할 때도 종종 있었다. 어떤 일도 부모님보다 앞설 수는 없었다. 거역도 해보지 않았다. 하지만 얼마 전부터는 힘에 버겁다는 생각이 들 때 볼멘소리도 했다. 자식은 인내와 사랑이 부족한 존재인가 보다. 돌아보면 아쉬움과 후회만이 남아 있다. 나도 부족한 며느리일 뿐이다.

젊은이들의 자리

요즘 젊은이 중에는 결혼과 육아를 포기하는 경향이 있다. 아내나 남편의 역할과 책임을 두려워하는 것 같다. 자녀를 낳아서 기르는 일은 희생과 헌신이 없이는 어려운 일이긴 하다. 요즘엔 개인의 욕망에 따른 성취가 우선하는 세상이고, 시대가 바뀌어 강요할 수도 없는 일이다. 하지만 무엇이 더 소중한 것인지 모르는 것 같아 안타깝다. 혼자만의 자유로움을 추구한다. 또 최고가 되거나 다른 이보다 높은 자리에 오르려고 애를 쓰며 산다. 그것만이 행복이 아닌데 말이다. 어렵지만 젊은이들이 자신의 자리를 잘 지킬 때, 그 자리에서 힘을 받기도 한다.

수필이라는 자리

나에게는 선물로 온 자리가 있다. 수필이라는 자리에 씨앗을 뿌렸으니 음악도 들려주고 거름과 물을 주며, 살뜰히 보살펴가며 나에게 어울리는 작은 열매라도 얻을 수 있는 나무로 키워나가고 싶다. 작고 보잘것없는 자리이지만 내 자리에 앉으면, 세상의 시름을 잊고 세상이 아름답게 보이고 무엇보다 행복하다. 그 자리에서 차도 마시고 얘기하며 순수하고 소박한 글 밭을 가꿔가려고 한다. 내 이름으로 된 책 한 권 출판하는 날을 기다린다.

내가 사는 아파트에 청소일을 하는 어르신은, 힘든 일을 하면서도 항상 미소를 건네주신다. 자리에 연연하지 않아 자유로운 삶을 사는 분 같다.

산책길에 피어있던 접시꽃이 사라졌듯이 때로는 흔적을 지우듯이 나도 머지않아 내 자리를 털고 떠나야 하는 그 시간이 올 것이다. 그 순간까지 작고 소박한 행복을 꿈꾸련다.

어쩌려고 영실에

아무에게도 말하지 않았다. 말을 할 수가 없었다. 내가 과연 해낼 수 있을지 의문이 생겨서다. 두 해 전쯤 남한산성에 갔다가 거의 다 내려왔을 때 무릎에 이상 신호가 왔다. 꼼짝을 할 수 없이 아파서 한참을 쩔쩔매다가 남편의 도움으로 겨우 집에 올 수 있었고, 병원 치료를 한동안 받았다.

손을 많이 쓰면 손가락이 아프고, 많이 걸으면 전에 다쳤던 발목과 무릎이 아파서 관절을 아끼며 지내던 터였다. 그래서 높은 산에 가는 것이 두려웠다. 평지를 걷거나 집 가까운 전망대 정도만 오르내리다가, 모처럼 아들과 몇 년 만에 제주에 가게 되어 영실에 도전해보고 싶어졌다.

미리 무릎 보호대와 푹신한 양말, 혹시 아프게 될지 몰라서 아로마 오일과 파스도 준비했다. 그러면서도 속으로는 겁이 났다. 아들도 내 나이를 생각해서 무리하면 안 좋다고 했다. 정상의 반 정도만 오르자고 타협을 하고는 길을 나섰다.

긴장이 되어 가슴이 뛰는 것을 잠재워가며 한 걸음씩 걷기 시작했다. 과욕을 부리면 무릎에 무리가 되는 것을 모르지 않는다. 이곳만은 꼭 와보고 싶었던 이유가 뭘까, 오래전에 이른 봄에 이곳에 왔다가 눈과 얼음이 많아 입구에서 포기하고 돌아섰던 적이 있었다. 그때 영실에 올라보지 못한 아쉬움이 컸었나 보다.

마침내 마음먹은 대로 반쯤 올랐는데 컨디션이 괜찮았다. 자신감이 생겼다. 하지만 조금이라도 무릎이 불편하면 곧장 하산을 하기로 했다. 조금 숨이 차면 쉬다 걷다 하다 보니 목적지가 코앞이 아닌가. 나는 드디어 목적지에 도착했다는 기쁨에 마음이 벅찼다. 초가을의 영실에는 보랏빛에 가까운 고려엉겅퀴나 갯쑥부쟁이 정도밖에 다른 꽃은 거의 없었다. 힘은 들었지만, 이곳에 올랐다는 사실에 뿌듯했다.

이제야 조금 여유를 가지고 병풍바위며 주변의 정취를 느껴보고 인증 샷도 몇 컷 찍었다. 잠시 쉬며 간식으로 부족한 수분과 영양을 보충했다.

이봉순_ 내 안의 초대

산은 오르기보다 내려가는 게 힘들다고 한다. 오르긴 잘 올랐는데 이제는 내려갈 일이 걱정이었다. 아들에게 짐이 되지 않으려면 욕심을 접어야 했나 하는 생각도 들었지만 되돌릴 수 없는 노릇이어서 담담한 척하면서 발걸음을 재촉했다. 걷다가 쉬기를 반복하며 반쯤 잘 내려왔다. 아홉 시경 출발해서 정오가 되니 해가 정수리에 와 닿았다. 구월 중순의 한낮의 열기로는 따갑게 느껴졌는데, 그늘도 쉽게 허락해 주지 않았다. 삼십 도가 되는 한낮의 더위에 영실 노루 샘터에서 담아 온 청량한 샘물이 어느 정도 갈증을 해결해 주었다. 그런데 급기야 다리에 힘이 풀리는 조짐이 보였다.

오른쪽 무릎이었다. 돌계단을 내려오는 것이 힘이 들다 못해 몇 걸음 걸을 때마다 통증이 몰려왔다. 아들에게 부담을 주지 않으려고 아직은 괜찮다고 했다. 가파른 산에서는 손을 잡아 주기도 어렵다. 오로지 스스로 해결하는 수밖에 없었다. 무릎이 아팠지만 걷다 쉬기를 반복했다. 별 탈 없이 내려갈 수 있기만을 바라는 마음이 간절했다.

드디어 주차장이 가까이 보였다. 마침내 해낸 것이었다. 자신과의 싸움에서 이겨낸 것 같아 대견하다며 무릎을 쓸어 주었다.

오늘 산행이 좀 무리가 된 것은 사실이었다. 하지만 오랜만에 성취감에서 오는 벅찬 감정을 느껴보았다. 이제 다시는 그곳에 못 가더라도 아쉬운 마음이 전과 같지는 않을 것이었다. 아들과의 추억이 있고 오늘 이 순간을 기억하면 되니까.

나는 그동안 도전조차 해보지 않았던 자신이 부끄러웠다. 관절염으로 고통을 겪으면서 그것을 극복해서 예술로 승화시킨 스페인의 가우디가 생각났다. '신의 건축가'라 불리는 가우디는 어렸을 때부터 병약하고 평생을 관절염으로 고생했다. 그런데 그는 자신을 괴롭혀온 뼈를 건축물에 형상화해서 예술로 승화시켰다. 고질병도 그에게는 예술에 대한 동력이 된 것이었을까. 거대하고 그림 동화 같기도 한 건축물을 완성하려면 끊임없이 움직여야 했을 텐데 그 고통이 얼마나 컸을까.

그는 추위와 관절통을 줄이기 위해 겹겹으로 신었던 양말과 남루한 차림으로 다니다가 전차에 치였는데, 부랑자로 취급되어 치료 시간을 놓쳐 안타깝게도 세상을 등졌다.

위대한 가우디처럼 예술로 승화시키는 힘은 없지만, 나로서는 그저 진솔한 글 한 줄이라도 쓸 수 있었으면 하고 바랄 뿐이다.

에크미아 화시아타

언제부터인지 달맞이꽃이나 수선화, 진달래, 원추리, 자귀나무 등 어렸을 적에 보아왔던 꽃과 나무가 정겹게 느껴진다. 나이가 들었다는 이야기리라. 산책하다가 초롱꽃을 보고 얼마나 반갑던지 지나칠 때마다 오래 피어 주었으면 한다. 이름도 예쁘다. 이렇듯 옛것들에 정감이 더 간다.

내가 꽃을 좋아해도 크고 오래된 꽃나무는 다루기가 힘들다. 삼십여 년을 키우던 분홍빛과 붉은 꽃이 피는 동백나무도 전에 살던 곳에서 필요한 사람에게 나누어 주었다. 해를 거듭할수록 오래된 나무는 몸집이 커져서 베란다가 없는 요즘 아파트에서는 키우기가 어렵다. 요즘에는 작고 다루기 쉬운 다육식물에 눈길이 가도 식구를 늘리지 않으려고 눈을 질끈 감게 된다.

지난여름 내 생일에 며느리가 생일 선물로 가져온 화분은 낯선 꽃 화분이었다. 핑크와 보랏빛으로 꽃 이름이 '에크미아 화시아타'다. 처음에는 조화 같아 보였다. 실내 공기정화에 매우 좋아서 실내에 머무는 시간이 많아진 요즘에 인기가 많다고 한다. 잎은 용설란 모양과 비슷하게 넓적하지만, 자기를 보호하려는 것일까. 잎의 끝은 뾰족하고 작은 가시가 있고 꽃받침이 파인애플과 비슷하다. 큰 잎에는 줄무늬처럼 흰 부분이 있어 밋밋하지 않아서 멋을 자아낸다. 분홍색 꽃술이 여기저기서 차츰 보랏빛을 띠면서 얼굴을 내민다. 꽃을 한 달 이상 볼 수 있는 것이 이 꽃의 장점이라 할만하다.

에크미아는 일단 키우기가 어렵지 않았다. 일주일이나 열흘에 한 번 물을 주고 환기를 해주면 된다. 브라질이 원산지로 처음 보는 이국적인 꽃이다. 꽃 이름은 뾰족한 'aechmea'에서 유래했으며 나무나 바위에서 착생해 사는 식물이며 직사광선보다는 반그늘에 두는 게 좋다. 물을 줄 때 잎에 물이 닿지 않게 흙에만 주어야 한다. 꽃을 오래 보기 위함이 아닐까 한다.

꽃이 지고 나서 한동안 눈길을 주지 못하다가 다가가서 보았더니 새순이 양쪽으로 하나씩 나와 있는 것이 아닌가. 얼마 지나서 보니 화분이 깨질 것 같은 느낌이 들 정도로 커져 있다. 일 년도 안 되었는데 식구를 꽤 늘리고 있었다. 한동안 지켜보다가 봄이 될 때까지 기다릴 수가 없어서 새순을 나누기로 했다. 넓은 공간에서 숨이라도 편히 쉬게 해주고 싶었다.

비슷한 흙과 분을 준비해 놓고 뿌리를 들어내서 가르려고 하니 뿌리끼리의 결속이 얼마나 단단한지 내 손으로는 할 수가 없어 남편이 칼로 잘라야 했다. 아차, 한 개는 뿌리가 거의 없이 잘렸다. 당황하는 나에게 어쩌다 보니 그렇게 되었다고 남편이 변명한다. 도와주려고 한 것이 해치지나 않았을지 걱정이 되었다. 안타깝지만 그저 잘 자라주길 바라는 마음뿐이다. 한 달이 가고 두 달째인데. 변한 게 없어 보여 조금은 마음이 놓인다. 하지만 그래도 아직 걱정의 눈길로 보게 된다.

뿌리가 거의 없이도 자라고 있는 에크미아, 코로나19로 등교를 거의 못 하고 있는 손녀도 쑥쑥 키가 자라고 있으니 감사한 일이다. 눈에 보이지도 않는 바이러스에 속수무책으로 이 년 이상을 고생하는 우리는 지구촌의 주인으로 행세하며 살아왔지만, 주인답게 살지 못하여 이런 일을 겪고 있다고 해야 할 것이다.

세상이 아무리 어지러워도 역시 새잎을 싹틔우고 꽃을 피우기 위해 고군분투하고 있는 산과 들의 초목들이 위대하다. 인간이 만물의 영장이라고 하지만 요즘 같은 상황에서는 수긍하기가 어려울 것 같다. 세상이 어떻든 자연은 우리에게 생명의 봄을 느끼며 겸손을 배우라고 하는 듯하다.

영화 한 편의 선물

졸다가 깼다. 달아난 잠이 영 돌아오지 않아서 오늘 밤에는 TV를 켜고 영화를 보겠다고 마음을 먹었다. 잠을 설치고 나면 다음 날 힘들어서 보고 싶어도 마음을 접고 잠을 청하는 일이 보통이었다.

오늘은 영화를 보고 나서도 잠이 오지 않아서 이 글을 쓰고 있다. 낮에는 한가하지 않아서 보통은 체념하고 지낸다. 남들은 거의 다 보았다는 영화조차도 못 보고 지냈으니 목이 말라도 한참 마르던 참이다. 어쩌다 오늘 같은 날에는 독립영화를 가끔 보기는 했지만, 그래도 갈증이 해결되지는 않은 채 지내왔다.

오늘 본 것은 '하모니'라는 영화였다. 여자 죄수들이 감방에서 겪는 애환을 다뤘다. 영화 속 주인공보다 내가 더 많이 울었던 것 같다. 음악을 통해서 닫힌 마음을 열고 화해하며 정서적으로 안정을 찾아가는 희망적인 영화다. 음악의 긍정적인 힘에 대해 교도관들조차 믿지 않았다. 하지만 한 교도관의 설득으로 음악을 통해 교도소의 분위기가 가족처럼 서로 아끼고 살펴주는 분위기로 변화되는 인간애(人間愛) 스토리가 좋았다.

감방에서 서로 다투고 비난하던 모습에서 노래를 부르면서 서로를 측은지심으로 바라봐주게 되는 그런 마음의 변화를 그린 것이다. 임신 중인데 교도소에 입소해서 아기를 낳았다. 네 살이 되도록 거기서 키웠는데, 교도소 규칙에 그 나이가 되면 밖으로 아이를 입양해 보내야 했다. 어미 죄수의 이야기는 눈물이 없이는 볼 수 없었다. 애간장이 다 녹을 것만 같은 안타까운 모성의 어미, 두 아이를 둔 엄마 죄수, 바람난 남편을 살해한 여인, 경제적으로 어려워 사기를 치게 되어 교도소에 들어오게 된 사연 등 여러 이유로 교도소에 들어온 이들이다. 결국 사랑을 받고 싶은데 사랑을 받지 못해서 죄를 짓게 된 사람들이라는 생각이 들었다.

처음에는 교도소에 들어온 그들은 노래하는 것을 좋아하지도 동의하지도 않았다. 하지만 교도소장의 극심한 반대에도 불구하고 한 여성 교도관의 간곡한 설득에 결국 노래를 하게 된다. 표정도 밝아지고 상처도 치유되어 변화되는 모습이 아름다워 보였다. 상황이 나빠지면 자신도 모르게 나쁜 생각이 생겨 죄를 짓게 되는 경우가 있다. 처음부터 악한 마음이 있는 사람은 많지 않을 것이다. 죄를 짓기 전에 좋지 않은 생각이 먼저 생겼을 텐데, 그때 가라앉히고 마음을 바꿨다면 큰 죄에는 빠지지 않았을지 모른다. 모두가 안타까운 사연들이었다. 마음을 다스리는 일이 그처럼 어려운 일인가 보다. 그런 환경에 놓이게 되면 나도 어떻게 행동했을지 장담할 수 없는 일이다. 그런 입장이 되지 않은 것이 다행이라는 생각마저 든다.

어느 곳에서나 선한 역할을 묵묵히 해내는 천사와 같은 사람들이 있어서 이 사회가 발전해 가는 게 아닐까. 상사에게 혼이 나면서도 음악의 유익성을 설파한다. 죄수들 한 사람 한 사람을 설득해가며 끝까지 성공적으로 이끌어가는 젊은 여성 교도관의 열정과 수고에 박수를 보낸다. 진정한 리더가 아닌가. 죄수들은 한순간에 죄를 지어 후회하며 고통스러운 교도소 생활을 하고 있다. 하지만 사랑과 연민의 마음으로 사랑을 나누며 생활할 수 있도록 그들을 성공적으로 이끌어 가는 감동적인 영화를 보면서 리더의 역할에 대해 생각해 보았다. 비록 죄인이지만 어미들인 그들의 고통에 많은 공감이 되었다.

달아난 잠이 한 편의 영화를 선물해 준 밤이었다.

불청객

아무도 청한 일이 없다. 요즘처럼 더운 때에는 청하지 않아도 밖에 어둠이 내려앉으면 제집인 양 찾아든다. 들어오는 것을 알았다면 야멸차게라도 막았겠지만, 소리 소문도 없이 들어오는 까닭에 자리 잡은 곳을 모른다. 초대하지 않아도 마구 들어와 우리를 귀찮게 하는 존재로 지청구를 주지만 아랑곳하지 않으니 상대인 우리만 괴롭다.

어렸을 때는 그들이 침범하지 못하도록 모기장을 치고 그 안에다 잠자리를 펴고 잤다. 요즘엔 방충망을 설치해서 어느 정도 안심하고 지내는 처지가 되었다. 하지만 어쩌다 반갑지 않은 한두 마리가 밤잠을 설치게 한다. 나는 일어나서 불을 밝히고 그놈을 잡고 나서야, 잠을 잘 수 있으니 여간 고약한 게 아니다.

오늘은 늦게 잠자리에 들어서 막 잠이 들려는 참인데 나의 뺨과 팔에 도전해 왔다. 불을 켰더니 남편도 일어나서 수건으로 바람을 일으키며 찾아보지만 헛수고다. 가려움을 참기 힘들어져서 잠은 이미 저만치 달아나 버렸다. 결국 녀석을 잡는 채를 찾아 건전지를 넣고 침대에 걸터앉았다. 어서 나타나 주기만을 학수고대하며 반은 졸았다. 다시 누웠다. 홑이불을 얼굴까지 덮고 있지만, 귀는 온통 녀석의 동태를 살피느라 피곤하다. 눈이 감길 무렵에 가까이 와있는 소리에 다시 일어나 앉는다. 하지만 이번에도 찾아내지 못하고 허탕이다. 요즘 들어 잠이 들었다 깨면 다시 자기가 어려워 원망스러운 마음이 더 든다.

내가 약자인 것 같은 상황에 약이 오르지만 어쩔 도리가 없다. '내가 졌다.'라고 선언을 하고 아까보다 이불을 더 뒤집어쓴다. 하지만 귀는 온통 그 녀석의 출현에 쏠려 있다. 매일은 아니지만 이처럼 가끔 실랑이를 벌이곤 한다. 잠을 달아나게 하고 내 피를 훔치며 괴롭히니 도둑이나 마찬가지다. 차라리 할 수만 있다면 자발적으로 헌혈을 하는 게 낫겠다 싶다. 추석에 성묘할 때면 산에 살던 것들이 더 극성을 부린다. 긴 옷을 입어도 매번 그냥 지나치지 않고 공격을 당해 며칠 동안 고생하기도 한다.

요즘 눈에 잘 보이지도 않는 미물이 몇 년째 우리를 괴롭히고 있다. 인간이 만물의 영장이라지만 모든 것을 지배하고 마구 다룬다면, 지구촌에서 함께 공존하는 해충이나 세균들이 우리를 호되게 응징을 해 올 것이라고 말한다. 신이 경고해주다 못해 사람이 깨닫지를 못하니까 이런 사태를 허락하는 걸까.

앞으로 어떤 것이 우리를 더 위협해 올지 알 수 없는 일이다. 청하지 않아도 찾아드는 미물들이 야속하지만, 그냥 지나쳐 주길 바라는 마음으로 달아난 잠을 다시 청해본다.

비가 흩뿌리다

　오사카의 한 호텔에서 아침에 창밖을 내다보았다. 조금 흐렸지만 비는 내리지 않는다. 다른 여행 때와는 다른 느낌이 들었다.

　오사카성을 가려고 버스에서 내렸는데 가랑비가 조금씩 내리기 시작했다. 성으로 가던 길에 윤봉길 의사가 끌려가서 처음으로 갇혀 있던 감옥이라는 건물을 보았다. 단체 여행 중이라서 이탈이 어려워 돌아오는 길에 들러 묵념이라도 드리려 했지만, 그저 먼발치에서 윤봉길 의사의 영면과 후손의 안위를 위해 마음속으로만 기도를 드렸다. 지금은 감옥이 아닌 다른 용도로 사용을 한다지만, 성안을 둘러보는 내내 마음이 숙연했다.

　임진왜란을 일으킨 도요토미 히데요시의 아들 도요토미 히데

요리가 자결했다는 성 뒤쪽에도 가 보았다. 그는 무슨 생각을 하고 자결했을까. 마음이 착잡해진다. 가슴에서 무언가가 울컥한다.

윤봉길 의사의 애국충정의 심정이라도 전해주고 싶었던 걸까. 비가 마치도 의사의 마음을 알고 있기나 한 것처럼, 조금씩 내리던 비가 흩뿌리기 시작한다. 이상하다. 비를 맞고 있는데도 나는 자꾸 목이 타들어 간다. 날씨가 맑았다면 아마도 성에 가는 길에 더 목이 탔을 것 같았다.

성을 돌아 나오는 길에 비가 좀 더 세차게 내렸다. 성벽에 흘러내리는 빗줄기를 보면서 그들의 반성의 눈물로 받아들이고 싶은 착각마저 드는 심정이었다. 나의 망상이 아니면 좋으련만. 암울했던 그 시절에 가슴 아파 나도 모르게 발길을 재촉해 돌아 나왔다.

무지개와 설산을 만나다

    유럽과 아시아의 경계 국가이며 8천Km나 떨어져 있는 튀르크에를 다녀왔다. 지난 초겨울 남편과 오랜만의 긴 여행이라 설레기도 하고 걱정도 되었지만, 바로 여행지의 매력에 빠져들었다.

    튀르크에는 관광객 세계 5위 국가이다. 초대 대통령 무스타파 케말 아타튀루크를 '터어키의 아버지'라고 부르며 지금까지도 추앙하고 있었다. 더 관심이 갔던 것은 그리스를 지배했던 오스만 제국의 500여 년의 역사를 돌아보는 일이었다. 유적이 많은 국가의 박물관에 대한 기대가 차올랐다. 에페소는 땅을 팔수록 유적이 나와서 아직도 개발이 쉽지 않다고 했다. 그래서 큰 도로건설이 어렵다고 말한다. 특히 이스탄불의 교통체증이 심해서 우리는 새벽 6시경 출발하는 일정이 선택되었다.

돌궐족의 후예로 우리와 같은 공깃돌과 고무줄놀이와 같은 문화가 있어서 친근함이 느껴져 좋았다. 우리나라 남한의 7배에 달하는 면적에 농업국으로 자급자족이 가능하다고 했다. 가는 곳마다 농작물의 창고라 할 만큼 끝이 안 보일 정도로 드넓은 농경지가 펼쳐져 있었다. 그래서 유기농식품과 발효, 건조, 염장 기술이 발달했다. 그랜드 바자르 시장에서 보았던 실크 카펫과 샤프란, 자연산 표고 등이 상점마다 그득했고 볼거리로 눈이 부셨다.

먼저 이곳에 다녀온 지인이 열기구를 꼭 타보라고 했다. 사진으로는 보았지만 나는 얼마나 감동적이기에 죽기 전에 꼭 가봐야 한다고 하나 싶었다. 여섯 번이나 왔었다는 일행 중 한 사람은 운이 좋아야 탈 수 있다고도 했다. 그 말을 들으니 얼른 타보고 싶어졌다. 이른 새벽부터 서둘러 어둠이 남아 있을 때 카파도키아에 도착했다. 운이 좋아 동이 트기 전에 드디어 열기구를 타게 되었다. 공중으로 날아오르자 해가 조금씩 떠오르면서 어둠이 사라지려는 그 순간에, 여기저기에서 열기구들이 떠오르는 광경은 상상했던 것보다 훨씬 매력적이었다. 공중에 떠서 멀리까지 내려다보는 것만으로도 흥분되는 일이었다. 카파도키아의 버섯 모양의 특이한 돌로 된, 깊고 넓은 계곡도 처음 보는 것이어서 새롭고 무척 신기했다. 또 사진으로 보았던 크기와 색, 모양이 각각 다른 열기구들의 향연도 장관이었다. 그러나 해가 솟아오르자 멋지게 펼쳐졌던 카파도키아의 열기구의 새 세상은 얼마 지나지 않아 아쉽게도 끝이 났다.

물이 부족한 우리에게 부러웠던 것 중 8만 톤의 물을 지하수 저장고에 저장할 수 있다는 그곳에 들어가 보았다. 많이 들어왔던 '에레바탄사라이'라는 수장고에 메두사의 석조로 된 머리 조각이 거꾸로 또 옆으로 있었다.

다음 날에 찾아간 파묵칼레, 목화의 성이라는데 목화를 일일이 수작업으로 해서 약품을 쓰지 않는다고 했다. 이곳의 면이 민감한 피부에 좋다고 해서인지 찰스 왕세자 결혼식 답례품으로 면 타월을 주문했다고 한다. 오스만 제국의 수도였던 부르사에 일만오천 명이 볼 수 있는 원형 극장에도 들어가 보았다. 영화의 한 장면이 떠오르기도 했다. 실제로 공명 경험을 해보고 싶었지만 마음을 접어야 했다. 에페소에는 이만사천 명을 수용할 수 있는 원형 극장이 또 있었다.

융성했던 문화와 건축의 웅장함이 짐작하기도 어려웠다. 아름다운 건축물인 셀수스 도서관도 돌아보았다. 책을 읽고 토론하는 지금의 도서관과 크게 다르지 않았을 거라는 생각을 하면서 한참을 걸어서 내려왔다.

지중해의 휴양 도시인 안탈리아로 출발하는 아침부터 비가 추적추적 내렸다. 중간지역을 통과해 가는 동안 그동안 보아왔던 무지개보다 훨씬 크고 선명한 일곱 빛깔의 무지개를 마주했다. 눈이 부실 정도였다. 그런 무지개를 오전 오후로 세 번이나 볼 수 있었다. 비는 멈추다 내리기를 반복했다. 반원 모양의 무지개 터널을 지날 때는 실제로 무지개 모양으로 만든 터널을 통과하는 듯한 벅찬 감동을 맛보았다.

먼 길을 가야 하는 날이라 날씨가 좋기를 바랐는데 아침부터 비가 내려서 조금은 걱정했다. 하지만 미리 걱정하는 것이 얼마나 부질없는 일인가. 쓸데없는 기우였다. 환상적일 만큼 크고 선명한 일곱 빛깔의 무지개를 세 번씩이나 보다니 정말 오늘 우리는 운이 좋은 사람들이라며 모두 환호했다.

안탈리아로 가려면 타오즈산 터널을 통과해 가면 수월하다는데, 터널 공사로 산을 넘어갈 수밖에 없었다. 산 입구에서 얼마 가지 않아서 눈발이 날리기 시작했다. 조금은 걱정이 되고 긴장이 되었다. 산 중턱에 올라서자 설산이 펼쳐져 있었다. 긴장도 했지만, 우리는 설경을 즐기고 기사는 눈길을 조심조심 운전하여 내려갔다. 하루에 수시로 변모하는 날씨를 경험할 만큼 긴 여정 동안 수고했던 안전 운행을 해준 기사님이 감사했다.

지중해 해안의 휴양 도시인 안탈리아에는 늦게 도착했고 이미 어두워졌다. 해가 짧은 겨울이어서 호텔로 돌아갈 수밖에 없었다. 큰 아쉬움으로 남았다. 그래도 그날 하루에 세 번의 무지개와 상상하지도 못했던 설산을 만난 특별한 날로 기억되리라.

톱카프 궁전이었던 고고학 박물관에서도 많은 것을 보았지만, 특히 기억에 남는 것은 알렉산더 대왕의 석관묘를 보고 많이 놀랐다. 석관에 석조물로 된 화려한 장식과 규모가 큰 것이 아주 인상적이었다. 장식이 무척 아름다웠는데 산 사람들이 고인을 추모하는 색다른 문화를 보고 묘한 감정이 들기도 했지만, 아름답게 꾸미는 예술성 높은 석관 석조물이 놀라웠다. 또 가족들이 한집에 살 때처럼 가족을 이 방 저 방에 매장하는 가족의 석관묘도 특별했다. 사후에도 가까이 있고 싶은 가족애가 돋보이는 매장 문화였음을 짐작하였다. 모세가 홍해를 가를 때 사용했다는 지팡이는 진품은 아닌 듯하여 실망하는 이도 있었다.

여행지에서의 현지식도 별미였지만 곳곳에서 마실 수 있는 석류 주스가 피로감을 시원하게 씻어 주었다. 실제로 경험을 해보지는 못했지만, 시장에서 물건을 사려고 흥정을 할 때 '우리는 피를 나눈 형제'라는 말을 하면 깎아준다고 했다.

튀르크에의 아침 인사말 '귀나이든'과 다른 인사말도 열심히 암송했건만 기억이 나지 않는다. 사십여 톤의 금과 은으로 치장된 실내에 세상에서 가장 비싸다는 카펫이 깔린 돌마바흐체 궁전을 보았다. 인간의 본성은 최고가 되려는 욕망을 부정할 수 없는 존재인가. 높은 자리에 앉아 권력을 쥐고 있다 보면, 사치와 허영에 빠지기 쉽다. 그러나 초대 대통령 무스타파 케말은 사치와 먼 검소한 생활을 하였으며 현재까지 국민에게 존경을 받고 있다.

이 나라에서는 교수가 되어도 자동차를 소유하기 어려운 편이라고 했다. 번성하고 화려했던 오스만 제국의 시대와 오늘날의 튀르크에의 삶은 너무나 간격이 커 보였다. 그래도 현재까지도 관광국으로 자리매김하고 있지 않은가.

'귀나이든', 무지개와 설산을 보면서 감동했던 그 시간을 떠올려 보았다.

행복, 꽃 피다

솟대 무리가 우리 일행을 반겼다. 아직도 농촌의 모습을 그대로 간직하고 있는 논산에 있는 야화리에 왔다.

흰 벽에 주로 파란색으로 그린 벽화에는 '소원 성취, 행복, 꽃 피다'라는 그림이 그려져 있다. 어찌 보면 캐릭터나 만화 같기도 하다. 어른과 아이들 모두 좋아할 만한 그림이었는데 색이나 모양이 동심을 표현한 듯 밝아서 좋았다.

담장에 늘어진 능소화와 수세미꽃도 반가웠다. 길에는 코스모스와 들꽃이 곳곳에서 초가을의 햇살을 받으며 수줍게 한들거리고, 골목길 입구마다 솟대와 해바라기가 이곳을 방문하는 사람들을 환영하는 듯 정렬해 있었다.

나는 친구들한테서 '휴식선물'을 받았다. 나를 쉬게 해주려는 1박 2일의 여행이라면서 여고 친구 네 명이 함께 길을 나섰다. 가이드를 자청한 친구는 운전을 도맡아 하며 일정도 미리 짜서 카톡방에 올려놓았다. 그 친구의 지인이 살던 옛집을 보수해서 가까운 사람들에게 주중에 이용할 수 있게 해놓았다. 우리는 이곳에서 가까이에 있는 강경과 익산을 둘러보기로 했다.

논산은 주변에 높은 산이 없고 가까이에 금강이 있어 땅이 기름져 보였다. 명성대로 논마다 누렇게 익어가는 황금 들판으로 변하고 있다. 첫날 오후에는 강경읍에서 바지락이 듬뿍 들어 있는 칼국수로 늦은 점심을 해결하고, 금강이 흐르는 강 언덕에 있는 옥녀봉에 올랐다. 예전에는 강경산이라 불렸던 그곳에 수운정이라는 정자와 봉수대(烽燧臺)가 있었다.

밤에는 횃불로, 낮에는 연기를 피워 위급한 상황을 알리는 방법으로 고려 의종 때부터 사용해오다 조선 세종 때 와서 체계를 갖추었다. 모양이 첨성대와 비슷한 석조 건축물이다. 위급한 상황에 횃불이나 연기를 몇 번이나 피웠을지. 지금은 주변을 구경하려고 올라와 그 앞에서 포즈도 취했지만, 선조들의 긴박하고 어려웠던 시절에 안타까운 마음이 들었다.

사방이 탁 트이고 금강의 물줄기가 모이는 두물머리와 같은 봉수대 봉우리에 오르니 가라앉았던 마음이 사라졌다. 시원한 바람과 넓어진 시야로 마음도 편안해졌다. 소설가 박범신의 ≪소금≫의 배경이 되기도 한 강경천 변을 걸으며 암울했던 그 시절을 떠올렸다. 〈박범신 디지털문학관〉은 시간이 촉박하여 지나칠 수밖에 없었다. 그러나 내 마음은 문학관에 가 있었다. 저녁 시간이 얼마 남지 않아서 포기하기로 결정했다. 야경이 아름답고 우리나라에서 가장 길다는 '탑정호의 출렁다리(600m)'를 보려면 서둘러야 했다.

저녁에는 햅쌀로 밥을 짓고 된장찌개를 보글보글 끓이고, 큰 조기 세 마리를 구워 상을 차리면서 큰 조기 한 마리를 내 앞에 놓으며 어른 모시느라 애쓰는 친구에게 주는 특별대우라며 혼자 다 먹으란다. 그럴 수 없다고 같이 먹으려 했지만 막무가내였다. 나를 이해해 주는 친구들이 더없이 고마웠다. 나는 '우정의 조기' 한 마리를 혼자 먹으며 친구들에게 미안함을 느꼈다. 밤이 늦도록 여학교 때 이야기가 끝없이 이어졌다. 3시가 넘어서 자리에 들었지만 잠이 달아나 뒤척이다가, 새벽에 동이 트자 잠이 깬 친구와 동네 산책을 나섰다.

이른 아침에 논둑길을 두런두런 이야기하며 한가롭게 걸었다. 초등학교 시절에 살았던 논밭이 있던 옛 동네의 추억이 떠올랐다. 언덕이나 논밭을 돌아다니며 소꿉놀이하며 놀던 그 시절이 문득 그리움으로 다가왔다. 이 지역의 농민들은 어느 곳 하나 자투리땅을 그냥 두지 않은 것으로 보아 부지런함이 느껴졌다. 들꽃과 콩, 들깨 등이 곳곳에서 자라고 있는 것을 보면서, 마을 산책에서 부지런함의 교훈을 얻었다.

강경 지역은 배가 들던 곳이어서 일찍이 외국 선교사들이 들어와 신앙을 전해와서 교회 첨탑이 수도 없이 많았다. 장소를 옮겨 김대건 신부님의 첫 부임지인 익산의 나바위성당과 침례교회의 첫 예배지도 순례했다. 친구들과 다소 들떴던 마음도 차분해졌다. 선구자들이 믿음을 지키기 위해 죽기를 두려워하지 않았던, 큰 용기에 가슴이 먹먹하였고 말없이 걷는 동안 묵상의 시간이 되었다.

이튿날 점심 식사를 마치고 익산에 있는 세계문화 유산에 등재된 미륵사지 석탑과 구층 석탑을 보러 갔다. 백제 삼십 대 무왕이 세운 동양 최고의 국가사찰로 미디어 '아트 페스타' 행사를 하고 있었다. 시간이 맞지 않아 걸음을 돌릴 수밖에 없었다. 완성이 안 된 미륵사지 석탑은 원래 목조 탑이었으나 석탑으로 바뀌는 시원(始元)이 되었다. 오른쪽 구층 석탑에 들어가 보았다. 기둥의 배열이 미로처럼 특이했으며, 전시장에서 본 공예품에서 손

재주와 미적 감각이 세계문화 유산에 오를 만큼 탁월하다는 생각이 들었다.

다시 강경으로 돌아와 젓갈 정식을 먹었다. 우리는 김장 때 쓰려고 새우젓과 갈치속젓, 조개젓, 명란젓 등 한 보따리 장을 보았다. 친구들의 따뜻하고 진한 우정을 느끼고 어릴 때 추억을 소환해 보는 귀한 여행이었다. 이곳의 농부들은 벽화에 '소원 성취'와 '행복을 바라는 마음'을 담아 놓았다. 그들의 소원과 행복이 이루어지기를 간절히 소망하였다.

내게 행복은 무엇일까. 진정으로 걱정해주는 친구와 오늘처럼 우정을 나누고 새로운 추억을 만들어가는 이 순간이 아닐까 한다. '행복, 꽃 피다' 벽화처럼 이번 여행은 내 마음에도 행복 꽃이 피는 여행이었다.

이봉순의 수필 세계

희미한 그림자의 인격화,
긍정 지향성과 순명인식

권대근

문학박사, 대신대학원대학교 교수

I.

20세기가 가고 21세기가 시작된 전환의 시대에 인간의 풍경, 특히 첫 수필집을 내는 한 여성작가의 내면을 조명하는 시간을 갖는다는 것은 어떤 의미가 있을까. 모든 것의 근원이 인간에게 있다고 한 융은 사실 인간의 마음속에서 이른바 '구원'의 근원도 발견할 수 있다고 주장했던 사람이었다. 삶 속에는 끝없는 욕망과 좌절과 갈등이 있다. 또 극복과 회피라는 심리 과정을 겪으면서 한 인간의 자아가 형성된다. 형성된 자아의 뒤편에는 무의식의 그림자도 웅크리고 있다. 그림자는 끊임없이 심역에 출몰한다. 이 지점에서 이봉순의 수필은 내적 풍경이 된다. 무의식의 이 그림자를 의식의 세계로 불러내 그린 그림이 이봉순 수필인 것이다. 이런 차원에서 이봉순의 수필은 바로 그림자의 인격화를 보여주는 좋은 본보기다. 그녀의 수필은 자신을 찾아가는 치유 여행에 견줄 수 있다. 인도의 기업인 라메슈와 다스는 "말은 줄에 걸린 빨래처럼 마음의 바람에 펄럭인다."고 했다. 망치를 휘두르며 관계를 만들 수 없다. 망치라는 연장 하나만 가진 사람은 세상의 모든 것을 못으로만 보기 때문이다.

그래서일까. 이봉순은 망치 대신 펜을 들었다. 치유를 위해서는 마음의 구조를 알아야 한다. 분석심리학에서 말하는 마음이란 엄청나게 큰 세계이다. 마법사 멀린은 "슬플 때 뭔가를 배워야 한다."고 했다. 인생은 길지 않지만 예의를 생각할 수 있을 만큼은 길다고 하였다. 이봉순의 수필은 마음을 갈고 닦아 타인의 마음을 얻는 기술이 어디에 있는지 말해준다는 의미에서 수필을 읽으면서 우리는 공감의 문을 열 수 있다. 무의식은 자아가 무의식을 경시하고, 그것과의 대면을 피할 때, 자아로 하여금 그것을 보지 않을 수 없도록 자극함으로써 무의식의 경향을 의식화할 수 있는 '기회'를 자아에게 준다. 인간의 삶 속에서 우리가 무수히 겪고 지나가야 하는 시련, 고통, 갈등, 절망, 상실의 아픔은 자기성찰의 귀중한 기회가 아니겠는가. 이봉순에게 있어서 '궁(窮)'의 상황은 때로는 그것이 고통스러운 체험, 심지어 신체적·정신적 시련으로 표현되기도 한다. 그림자의 인격화는 정서의 소통을 의미한다. 우리의 정신은 여러 경로를 통하여 소통한다. 눈빛으로, 표정으로, 몸의 자세로도 소통한다. 그러나 뭐니 뭐니 해도 직접적인 방법은 수필 쓰기다.

이봉순은 "그동안 써왔던 글을 고치다 보니 나 자신이 삶에 갈증을 때때로 느껴왔던 것을 알 수 있었다. 삶을 고스란히 드러내는 작품들을 보면서, 지난 시간과 그 안에서 일어났던 많은 일이 파노라마처럼 스쳐 지나갔다. 더러는 안타까운 일상을 벗어나지 못하는 답답한 심정을 토로하기도 했다. 어쩌면 나의 부끄러운 자화상을 세상에 드러내는 일이지만, 알 수 없는 용기가 내 안의 나를 들여다보게 해주었다. 오랫동안 내 손 안에 수필을 꼭 쥐고 내 삶을 살아가고 싶다. 수필과 함께 걷는 길이 아름다울 것 같다."라고 서문에서 밝히고 있다. 그녀의 수필은 감정과 생각, 의지까지도 표현하므로 소통의 길을 연다. 이 수필집에는 화자의 감정만이 아니고 정보와 사고까지도 실려 있다. 수필을 통해서 화자에 관한 여러 가지 정보를 얻을 수 있을 뿐만 아니라 사고 개념을 통해서 그녀가 살아온 사회의 가치관에 어떻게 순응하고, 어떻게 저항하였는가를 알 수도 있다. 더욱이 그녀의 감정 상태도 알 수 있다. 수필을 통해서 이봉순을 총체적으로 접근해 보자.

Ⅱ. 자아 성찰과 인연화합의 꽃

앤서니 엘리엇은 오늘의 자아가 형성되기까지 자신이 걸어온 길을 되짚어 보고 표현하는 글이 수필이라고 하였다. 그리고 자아의 형성 과정이 개개인마다 다르니 글도 사람에 따라서 달라져야 한다고 했다. 이 '다름'을 창출하는 것이 인연화합이다. 각기 다른 원소들이 모여 분자가 되어 하나의 물질이 되는 것과 마찬가지로 이봉순 수필도 작가가 겪었던 여러 체험 편편이 모여 하나의 새로운 의미로 재탄생한 것이다. 성찰이라는 과정을 통해서 자신을 정확하게 바라보고, 또 인연화합, 즉 상립을 통해서 자기규정을 밝혀 나간 것이 이봉순의 수필이라고 할 수 있겠다. 성찰은 엘리엇이 말하는 자아 이론의 핵심이다. 성찰하는 과정은 삶의 궤적에 관하여 심리적이고, 사회적인 정보를 주시하고 되돌아보는 과정이다. 이봉순의 수필쓰기는 자아 성찰이라는 과정에서 꽃을 피운다. 수필의 개념에는 내면의 고백 못지않게 자아 성찰이 주요한 자리를 차지하고 있다. 수필을 통하여 고백하는 동시에 자기성찰을 하므로 자신을 알게 되는 것이 수필이다.

크게 보면, 이봉순 수필은 인연화합의 본질이나 특성을 그리는 글이다. 수필의 존재 가치는 인간의 삶과 함께 빛을 발한다. 문학이 인간을 위해 존재한다는 것은 결국 문학은 사회 현실 속

생활인들의 공유체험을 형상화함으로써 궁극적으로는 '인간구원'에 기여해야 한다는 의미다. 정서는 문학의 밑바탕이 되는 요소로서 문학의 성패를 좌우한다. 대상에 대해 인정을 흘리는 일, 그리움을 갖는 일, 추억의 세계 속으로 빠져 인생을 주관적으로 바라보는 일 등이 이봉순의 주된 작업이다. 수필적 미학은 화려한 문장에 있지도 않고, 거창한 주제나 경이로운 소재에 있지도 않다. 대상을 너그럽게 바라보는 관조의 눈 속에 배어 있는 따스한 정이 독자의 누선을 자극할 때 완성되는 것이 수필미학이다. 그래서 수필가는 정이 풍부한 사람이어야 한다는 것이다. 물상을 사랑하는 마음으로 볼 줄 알아야 글에 공감이 묻어난다고 할 수 있다. 이런 논리를 뒷받침하는 대표적인 것이 이봉순 수필집이다. 비워야 채울 수 있다는 평범한 진리를 실천하면서 무욕의 삶을 추구하는 '비움'의 자세에서 우리는 또 한 번 가슴을 매만지게 된다.

집이란 말에는 가족의 의미가 가장 강하게 들어 있다. '즐거운 나의 집'이라는 노래처럼 집은 가족과 함께 기쁜 일과 힘든 일을 견디며 살아내는 곳이라는 의미가 마음에 들어온다. 그러나 좀 더 넓게 생각해 보면 집은 '나'라는 존재의 모든 자질구레한 것들을 다 기억하고 있는, 기억을 모아둔 기억창고나 저장소 같은 곳이 아닐까 싶다. 비록 그 기억이 사람에 따라 좋을 수도 있고 고통과 슬픔의 장소일 수도 있겠지만, 집이 우리에게 주는 이미지는 '영혼의 안식처'라는 느낌이 든다. '내 쉴 곳은 작은 집 내 집뿐이리.'라는 노래 가사처럼, 집은 어쩌면 세상에 지쳐 돌아오는 영혼들을 받아주고 위로해 주는 유일한 장소일지도 모른다. 그게 실제로 아름다운 집이든, 초라한 집이든 그저 마음으로만 그리던 집이든 내 몸과 영혼을 뉘어 쉴 수 있는 그런 곳. 바로 우리 모두의 집이다.

- <기억 속의 집> 중에서 -

이 수필은 가족이 함께 공유하는 공간이기도 한 '집'에 대한 단상이 잘 노정되어 있는 글이다. '견디며 살아내는 곳'으로 집에 전통적인 의미를 부여하는 그녀는 더 나아가 집을 기억의 창고로 인식한다. 이 수필이 수필다울 수 있는 근거 내지 문학적 성취를 보여주는 부분이라면 이런 대상에 대한 자기만의 의미부여다. 그 기억의 저장소는 다시 영혼의 안식처로 의미가 확대되면서 집이라는 개념을 '치유'의 공간으로 설정하는 부분은 이 수필의 쾌미다. 몸과 영혼이 함께 안식을 취할 수 있는 공간으로서의 집을 회복하는 게 현대인에게 급선무이지 싶다. 작가는 이러한

집에 대한 자신의 생각을 보다 더 설득적으로 전개하기 위해 '즐거운 나의 집'이란 노래 제목과 '내 쉴 곳은 작은 집 내 집뿐이리'라는 노래 가사를 텍스트로 채굴하여 근거를 보충하는 것으로 볼 때, 이봉순은 매우 전략적으로 자신의 의견을 편다고 보겠다. 삶의 질적 변화가 인간에게 반드시 행복을 안겨주는 것은 아니다. 부의 획득만큼 그보다 더 많은 것을 잊고 잃어야 하기 때문이다. 현대인의 비극은 여기서부터 시작된다.

작가가 〈기억 속의 집〉을 통해 말하려는 궁극적 가치는 '절문이근사(切問而近思)'다. 내 가까이 있는 것에 대한 가치나 애모가 부족한 현대인들에게 울리는 경종으로도 볼 수 있을 만큼 그녀의 집에 대한 단상은 매우 전통적이고 본래적이다. '힘든 일' '고통과 슬픔의 장소' '초라한 집이든' 등의 어구를 종합해서 보면, 과욕으로부터 오는 비극적 삶의 시초를 근원적으로 차단하려는 것 같다. 중요한 것은 '견뎌내는 것' '살아내는 것'이 더 중요하다는 의미다. '영혼의 안식'이 물질적인 것하고는 관계가 없다는 인식이 녹아 있어 이 글에는 전통적인 가치의 선양의식, 그리고 물신주의를 배격하고자 하는 의도가 녹아 있다고 봐야겠다. 기억의 뿌리를 움켜쥐고 살 수 있다는 사실은 행복으로 가는 지름길이다. 수필은 잊을 수 없는, 결코 잊어서는 안 되는 추억을 글로 그리는 그림이다. 잊고 있던, 기억의 저편 모습을 드러내는 여러 일들을 인연화합을 통해서, 서정 어린 그림으로 펼쳐 보일 수 있는 것은 이봉순 수필에서만 느낄 수 있는 묘미다.

　나는 바로 '거리두기'를 시작했다. 아침저녁으로 운동을 시작했다. 남편에게 때로는 설거지를 부탁하고 혼자 걷기 시작했다. 보폭을 크게 하고 팔을 앞뒤로 흔들며 빠른 걸음으로 삼사십 분 정도를 힘차게 걸었다. 안 보이던 풀과 꽃, 새소리도 들으며 내 몸과 마음이 건강해지는 느낌이 들었다. 나쁜 일이 꼭 나쁘지만 않다는 교훈을 배운다. 육 개월 꾸준하게 운동하다 보니 혈당이 정상을 유지하고 있는 것이 아닌가. 나는 주로 나물 종류를 좋아하고 육식은 그다지 즐기지 않았으나, 단백질이 부족해지면 건강에 해롭다고 해서 음식조절도 하고 있다. 노력해서도 안 되면 어머니처럼 '인슐린 펌프'로 인슐린을 주입해 당을 조절해 주는 기계를 달고 살면 되겠지 하는 여유도 생겼다.

- <나이가 지나간다> 중에서 -

　세월을 이기는 장사는 없다. 나이가 들면 먼저 생기는 것이 몸의 고장이다. 작가는 '당과 거리두기'라는 실천덕목을 가지고 건강을 관리해 나가고자 하는데, 삼십 분 정도의 운동만으로도 건강해짐을 느꼈을 뿐만 아니라 "나쁜 일이 꼭 나쁘지만 않다는 교훈을 배운다."라는 진술에서 볼 수 있듯이 그녀는 수필을 쓰면서 마음의 여유도 많이 얻고 있다. 수필 쓰기를 통한 치유 효과를 확실히 느끼고 있다. 운동도 하고 식이요법도 해서 건강을 챙기지만, 혹여 노력해도 안 되면 안 되는 대로 살겠다는 자세에는 순명의식이 드러나 있다. 이봉순의 글에 '어머니'가 많이 등장하는 이유는 무엇 때문일까. 그것은 그녀의 가슴 안에 그분의 존재가 너무나 뚜렷한 기억으로 남아 있기 때문이고, 병으로 고생하며 살았던 어머니는 지금 와서 동병상련의 감정을 그녀에게 일으킨 것이다. 시어머니를 자신의 삶에 초대한 것은 전략적으로 좋은 선택이었다. 당 문제로 고생한 그런 어머니가 더욱 눈에 밟히는 것은 당연하다고 하겠다.

나이가 지나가는 것을 느끼면서도 여유를 가지고 순명을 가슴속에 채우는 것은 이 세상에 영원한 것은 존재하지 않는다는 사실에 관한 확인이고, 자신도 언젠가는 떠날 수밖에 없는 존재라는 것에 대한 준비이자 연습인 것이다. '안 보이던 풀과 꽃, 새소리도 들으며 내 몸과 마음이 건강해지는 느낌이 들었다. 나쁜 일이 꼭 나쁘지만 않다는 교훈을 배운다.'라는 대목에서 알 수 있듯이 작가는 운동과 다이어트를 시작하면서 여유는 물론 건강한 정신까지 되찾고 있다. 이는 나이가 들어감에 따라 종전에는 찾아볼 수 없는 상황, 즉 달관의 자세를 보여준다는 것은 삶에 대한 긍정적 인식의 결과라 하겠다. 무엇보다도 이 수필의 압권은 안 보이던 풀과 꽃, 새소리도 들을 수 있다는 대목에서의 역동성이다. 풀과 꽃 새소리의 등장이 시청각적 이미지를 불러왔고 수필 속의 풍경을 영화필름 돌아가듯 바뀌게 하고 작가를 둘러싼 공간 전체를 입체적인 시공으로 전환시켜 미적 정서를 불러일으켰다.

곤혹스러운 공포를 이겨내며 창작에 인생의 반세기를 살아온 '쿠사마 야요이'를 생각하다가 못난 자신에 머물러 있는 나를 본다. 자족해야 노년이 행복하다는 말에 한쪽 귀라도 멀쩡하다니 감사할 일이지 않은가. 양쪽을 다 듣지 못하는 장애로 불편한 사람들을 생각하면 한쪽은 건강하지 않은가. 오늘도 살아 있음에 이 글을 쓰고 있으니 감사하자. 한 쪽 귀가 닫혔다고 감성도 메말라 버렸을까. 소망 하나. 한 쪽 귀가 닫혔더라도 대신 문학적인 감성의 문이 열려주었으면 하고 꿈꾸며 나를 다독인다.

- <10프로 남았어요> 중에서 -

이봉순 수필들의 특징 중에서 가장 강한 색채를 가지는 것은 삶에 대한 긍정성이다. 청력검사에서 청력기능이 10퍼센트 남았다는 검진 결과를 듣고 '자족해야 노년이 행복하다'는 말을 되새겨보며 현실에 만족하는 자세는 감동을 주기에 충분하다. 작가는 '10프로 남았어요'라는 제목을 통해 청력이 아주 안 좋다는 것과 그럼에도 불구하고 그 한계상황을 극복할 수 있다는 의미를 동시에 보여주는 데 성공한다. '소망 하나, 한 쪽 귀가 닫혔더라도 대신 문학적인 감성의 문이 열려주었으면 하고 꿈꾸며 나를 다독인다'는 표현이 그렇다. 그녀의 글에는 한결같이 긍정의 자세가 녹아 있고, 그 긍정으로부터 삶의 의의를 깨닫는 작가의 인간적 체취가 드러난다. 한 마디로 그녀의 작품은 현실 인정의 산물이 아닐 수 없다. 멋진 수필가는 제재를 가지고 주제를 겨냥하는 사람이라고 했다. 이봉순은 제재를 가지고 주제를 겨냥하는 솜씨가 보통이 넘는다. '한 쪽 귀가 닫혔더라도 대신 문학적인 감성의 문이 열려주었으면' 하는 기원은 그녀의 문학에 대한 깊은 관심을 반영한다고 하겠다.

이 수필의 복합적 구성은 기술방법론에서 보면 '이중성'과 같은 말이다. 빛의 이중성을 강조하는 '파동—입자'라는 흥미로운 개념을 이봉순 수필에 적용해 보자. 빛이 '파동과 입자'의 특성을 모두 나타내듯이 이봉순의 수필도 복합적인 이중구조를 가지고 있다. 이봉순 수필의 문학적 성취를 드높이는 이중구조의 쾌미는 정서의 객관화에서 나온다. 수필 〈10프로 남았어요〉는 청력을 거의 상실한 자신의 삶을 비슷한 처지인 '쿠사마 야요이'에 견준 데 관전 포인트가 있다고 하겠다. 그 역시 창작혼으로 궁(窮)의 상황을 극복한 것이 아니겠는가. 이 수필은 극복의 삶, 만족의 삶이 어디에 있고, 무엇인지를 보여주었다는 데 의의가 있다고 하겠다. 이 작품의 최대 압권은 '곤혹스러운 공포를 이겨내며 창작에 인생의 반세기를 살아온 '쿠사마 야요이'를 생각하다가 못난 자신에 머물러 있는 나를 본다'는 대목의 상관성이다.

나는 투명한 유리창이 좋다. 안에서나 밖에서도 볼 수 있어서다. 유리창은 닫혀있어도 그다지 답답하지 않아 그런대로 괜찮다. 요즘에는 프라이버시를 생각해서 밖에서는 보이지 않는 선팅을 거실 창이나 자동차에 하는데 나는 답답해서 싫다. 투명 유리창은 밖에서 안을 들여다볼 수 있어서 좋고, 안에서 밖을 내다보는 여유로움이 있어서 좋다. 창밖에 꽃밭이나 정원이 있다면 더욱 좋겠다. 장독대가 보이면 정겨워서 좋고 누렁이가 누워 낮잠을 즐기고 있다면 보는 즐거움이 크리라. 비 오는 날이면 고즈넉한 분위기가 마음을 차분하게 만들고, 유리창 밖을 내다볼 때 창에 부딪히는 빗소리도 좋다. 눈이 내리는 날에는 누렁이가 뛰어다니며 재롱 피우는 재미도 한몫할 것이다.

　고층아파트 생활의 큰 아쉬움이 바로 이런 게 없는 것이 아닌가.
- <살아가는 이유에 대한 단상> 중에서 -

　살아가는 이유 아홉 가지를 산만구성으로 엮은 이 수필이 눈길을 끄는 것은 왜일까. 탄력성 때문이다. 전개나 구성의 변주는 문학의 속성이기도 한 탄력성을 주는 일로 매우 권장할 만한 사항이다. 무엇보다도 작가가 든 아홉 가지 살아가는 존재 이유가 아주 평범한 것들이라 놀람을 안겨준다. '뜻밖의 만남' '내가 사랑하는 이유' '사치품' '변명' '그 집 대문 앞' '뒷모습' '진달래' '나무' '유리창 밖' '깍두기찌개'와 같은 아홉 이유들은 이질적인 것 같으면서도 나름의 유기적인 상관성을 지닌 질료들이어서 눈길을 끈다. 그녀는 사물과 사건을 끌어들여 순수하고 아름다운 꿈의 세계를 아련히 그리워하는 낭만적 분위기를 연출하면서도, 그 자체에 눈길을 고정시키지 않는다. 날카로운 시선으로 사상과 자연까지 확대해서 깊은 명상의 세계를 보여주기도 한다. 포착된 사물은 관조의 세계로 끌어들여지고 그것은 곧 현실의 삶에 투사된다. 이 수필의 화두 '살아가는 이유' 아홉 가지 항목을 보면, 이것이 왜 살아가는 이유일까를 생각해 보게 하지만 이런 이유로 수필은 향기를 낸다. 구성 요소만으로 세계를 이해할 수는 없는 법이다.

아홉 가지 이유 중에서도 유독 '유리창 밖'이라는 항목에 주목해 볼 필요가 있겠다. '나는 투명한 유리창이 좋다. 안에서나 밖에서도 볼 수 있어서다.'는 말에는 삶을 대하는 자세의 순수성이 묻어난다. 투명한 유리창에 대한 애호는 세상을 제대로 투명하게 보겠다는 의지이기도 하다. 위선이나 가식으로 자신의 치부를 가리고 숨기는 것보다 있는 그대로를 보여주면서 순수하게 살아가고 있는 순박한 사람들에 대한 동경이기도 하고, 그 천진성에 대한 지지이기도 한 투명성은 우리 삶을 살찌우게 할 요소가 분명한 것 같다. 이를테면 밖에서 안을 보든 안에서 밖을 보든 사람들은 유리창을 통해 안과 밖을 볼 수 있어야 한다는 입장이다. 자연의 대상 앞에 선 작가는 자연의 완상을 즐기는 낭만주의자가 아니라 삶의 본질을 꿰뚫어 보려는 진지한 모습의 철학자다. 따라서 그녀의 수필은 전혀 교시적인 분위기를 주지 않으면서도 결과적으로 교시라는 문학적 기능을 손색없이 수행한다고 하겠다. 창밖의 풍경에 대한 작가의 상상은 역시 관찰자의 상상

력을 자극하면서 역동성을 가져와 미적 사유의 즐거움을 주는
것 같다.

Ⅲ. 욕망의 주체와 견고한 자화상

누구에게나 가장 큰 관심의 대상은 자신의 삶일 수밖에 없다.
작품을 통해 알 수 있는 이봉순 수필가의 특성은 욕망하는 주체
와 견고한 자화상에 비쳐진 그녀의 수필에 대한 관조로 풀어낼
수 있겠다. 수필은 응축된 정서와 사상의 지도다. 인간은 자연과
사회 환경 그리고 정신이라는 삼각의 동그란 지도의 중심에 위치
하고 있다. 개인적인 삶을 바탕으로 작성되는 그 지도에는 작가
가 거처하고 있는 위치가 선명하게 표시되어 있다. 바로 견고한
주체의 자화상이다. 이봉순의 자화상은 많은 수필에 등장하는
사연들에 빛나고, 날카로운 작가의 인식이 돋보이는, 수필에서
작가는 욕망의 근원에서부터 사건의 중심으로 달려간다. 그 접
근 과정에서 인용하고 있는 예화들, 삽화들 그리고 다양한 근거
와 전략 장치들은 공감을 자아내게 한다. 인간미가 특출한 주변
인물이나 작중인물에 관한 이야기는 아픔을 동반하고 인내를 필
요로 하는 인생을 이해시키는 데 안성맞춤인 화소가 아닐 수 없
다.

인간은 자연과 사회의 두 가지 환경에 적응하지 않으면 안 되기 때문에 그만치 고생이 많을 수밖에 없다. 이봉순 수필의 또 다른 한 축은 삶의 여러 어려운 과정 속에서도 나름대로 자신의 철학을 바로 세우고 자신의 삶을 자기식으로 이끌어가려는 작가의 주체적 인식이 차지하고 있다. 중요한 것은 이기심을 가지고 그대로 생활할 것인가 말 것인가의 선택권을 본인의 자유의사에 맡겨 놓고 있는 것이다. 인간의 자유의지는 지식이 많고 능력이 불어나면 욕심이 불어나 이것도 하고 싶고 저것도 하고 싶다는 욕망이 확대된다. 이러한 욕망의 확대가 사회적 갈등을 일으킴으로써 나타나는 것이 어두움의 그림자다. 차이와 다양성에 대한 인정을 통해 민주 시민 나아가 세계시민으로서의 교양을 획득해가는 그녀에게 갈등이나 어두움은 없다. 공교롭게도 이봉순의 수필은 이런 갈등의 그림자를 물리치려는 수필적 일상을 그리고 있어서 주목된다.

시어머니께서 의심을 하고 역정과 짜증을 내실 때나 씻지 않으려고 고집을 부리실 때가 있다. 어르고 달래며 인내심을 가지고 친절하게 대하는 태도에서 진솔함이 묻어났다. 그녀의 도움이 없었다면 시어머니를 끝까지 잘 모실 수 있었을까. 우리의 인연이 어디까지 일지 모르는 일이지만, 생이 다하실 때까지 함께했으면 좋겠다고 알 수 없는 욕심을 부려본 적이 있다. 칠 년이란 긴 시간 동안 숱한 일들이 있었지만, 힘든 일을 하면서도 웃음을 잃지 않는 환한 미소를 닮고 싶다.

그러던 어느 날 시어머니께서는 홀연히 우리 곁을 떠나셨다. 나의 우군이었던 그녀도 우리 집을 떠났다. 또 누군가의 집 문을 열고 들어갈 그녀를 상상한다.

- <그녀가 문을 열고 들어왔다> 중에서 -

작가는 며느리로서 치매에 걸린 시어머니를 끝까지 케어하며 살 수밖에 없는 근거를 설정함에 있어 '우리의 인연이 어디까지 일지 모르는 일이지만, 생이 다하실 때까지 함께했으면 좋겠다고 알 수 없는 욕심을 부려본 적이 있다'는 진술을 활용한다. 자신이 시어머니를 칠 년 동안 잘 모실 수 있었던 이유는 친절하게 어른을 잘 돌보아준 요양보호사 덕분이었다는 이야기다. 사람에게 가장 귀한 재산은 인간적인 정이 아닌가. 많은 사람이 함께 어울려 사는 속에서 저 요양보호사처럼 자신의 맡은 바 임무를 다하고 마음을 다해 사회적 약자를 돕고 서로 마음을 나누고, 정을 나누며 살 수 있다는 것은 누가 보아도 부럽고 아름다운 일이다. 인간의 여러 모습 중에서 가장 아름다운 모습은 주어진 운명에 순응하려는 몸짓이다. 이는 인연화합의 순리에 따르려는 삶에 대한 겸허라 하겠다.

물질이 정신을 지배하면서 야기된 조작된 행복관, 전도되고 도치된 가치관으로 인간의 역사는 갈등의 연속이 아닌가. 그녀가 우리에게 던지는 메시지는 '순명'이요, '견딤'이다. 그녀가 우리에게 보여주고자 하는 세상이 있다면, 순리의 시간으로 가는 삶의 터전이 아닐까. 삶의 가치는 모든 사람에게 공통적으로 적용되는 것은 아니다. 그것을 향한 주체적 열정에 의해서 좌우된다. 욕망의 주체는 처음부터 만들어져 존재하는 것은 아니라, 그것을 필요하다고 느끼고 더욱 아름답게 가꾸려는 사람들에 의해서 완성된다. 이 수필이 우리에게 기여하는 것은 '인생은 어쩌면 견디는 것일지도 모른다'는 가르침이다. 바람직한 욕망의 주체가 되는 삶이 소중하다는 걸 작가는 한 요양보호사의 소명 의식을 통해서 독자에게 말하고자 한다. 이 수필이 감동을 주는 것은 힘든 일을 하면서도 그 요양보호사의 '웃음을 잃지 않는 환한 미소를 닮고 싶다.'는 자세다. 시어머니 덕분에 이런 훌륭한 요양보호사와 인연이 된 것을 감사히 여기는 작가의 생각도 주제 의식의 구체화에 기여한다.

열흘 뒤쯤 밭에 콩 싹을 보러 와서 물을 줄 겸해 다시 만나서 양평 해장국 먹자고 했다. 더운 날씨에 일은 힘들었지만 즐거움이 더 컸다. 농사라고는 해보지 않아서 어찌해야 할지 궁리하던 차였는데 형부 덕분에 일이 순조롭게 되었고, 일석삼조의 효과를 거둔 것 같았다. 작물을 제대로 수확하려면 물도 주고 약도 때로는 필요하겠지, 잡초도 뽑아주며 가지치기도 해주어야 튼실한 작물을 수확하는 것처럼 내 마음도 끊임없이 돌봐주어 '어른 아이'가 되지 않고 성숙한 노인이 되리라.

오늘 심은 콩 세 알 중 과연 얼마나 콩깍지에 콩이 열릴지 기대하는 마음으로 지금부터 설렌다. 콩도 호박도 잘 자라야 할 텐데. 우물에 가서 숭늉 찾는 격으로 나눌 사람을 손에 꼽으며 마음은 벌써 콩밭에 가 있다.

하루 농부는 콩 수확할 꿈에 부푼다.

— <콩 세 알> 중에서 —

모든 것은 보기 나름이란 걸 나타내는 수필이다. 작가는 '성숙한 노인'이 되고자 한다. '우물에 가서 숭늉 찾는 격으로 나눌 사람을 손에 꼽으며 마음은 벌써 콩밭에 가 있다.'라는 대목에서 우리는 마음의 눈이 모든 것을 결정한다는 걸 알 수 있다. 인간이 아름답게 보일 때는 나눔의 꿈을 가지고 있을 때이다. 이봉순은 일상의 모든 인연에 대해, 그것이 사람이든 사물이든 관계없이 진지한 태도로 관심을 표명하는 작가다. 그녀는 어떠한 경우이든 방관자로 남기를 거부한다. 무관심하고, 외면함으로써 홀가분하기를 소망하는 그런 사람이 아니다. '어른 아이'로 남게 되는 것을 두려워하는 것도 관계의 진정성이 중요하다는 것을 누구보다도 잘 알기 때문이다. 이는 그녀가 남달리 주체적인 사람임을 증명한다. 이 작품이 무엇보다 아름답게 느껴지는 것은 긍정적 세계관이 투영되고, 고통에 대한 인식도 건강하기 때문이다. 누구에게나 인생의 전환점이 있다. 농부의 발자국 소리를 보고 자란다는 농작물이 아닌가. 콩 세 알의 꿈을 잘 아는 작가의 심장이 뛰는 이유다.

아무튼 발이 회복되고 기회가 된다면 체력을 키워 도전해보리라. 남편은 그랜드캐니언을 두 번이나 다녀와서 흥미를 못 느낀다면, 나는 좋은 친구와 함께 할 수 있기를 꿈꾸어본다. 사실 요즘에는 긴 여행이 힘든 게 사실이다. 젊었을 때는 시간과 돈이 문제였는데 이제는 긴 일정에 따른 무거운 짐도 부담이 된다. 많은 것을 보아도 기억에 한계를 느낀다.

    제일 편한 곳이 집이지만 고생길을 감수하면서도 여행에 대한 꿈을 포기할 수는 없다. 한동안 많은 것을 보려고 했다면, 이제는 자신을 들여다보고 우주 속의 미미한 존재임을 느끼고 싶다. 요즘에는 너무 먼 곳에 가려면 체력이 문제가 되기도 해서 안전하고 가까운 우리나라 구석구석을 살피는 여행에 관심이 간다. 역사 공부를 더 해서 역사 탐방하는 그런 여행을 해야겠다는 생각이다. 무더운 여름날에 돈 하나 들이지 않고 상상만으로 여행하며 더위를 잠시 잊었다.

- <상상으로 떠나본 여행> 중에서 -

    상상 여행에 대한 넘치는 작가의 개성적 인식이 차가운 겨울바람도 녹일 정도다. 현실을 긍정적으로 직시하는 주체적인 사유가 아름답다. 수필은 이렇듯 대상에 대한 애정과 진정성이 돋보일 때 비로소 생명력을 얻게 되는 것이다. 인간에게 운명 지워진 모든 것을 갈등 없이 수용하는 삶의 태도가 더없이 아름답게 여겨진다. 이 수필은 인생을 주체적으로 살아가려는 여심을 발견하는 데서 그 맛을 느낄 수 있다. '한동안 많은 것을 보려고 했다면, 이제는 자신을 들여다보고 우주 속의 미미한 존재임을 느끼고 싶다.' 대목에는 많은 것이 함축되어 있다. 지나온 삶에 대한 응시를 통해 밝음과 활력의 가치를 추구하려는 이 글이 감동적으로 다가오는 것은 무엇보다도 자기 인생을 이제는 주체적으로 끌어가겠다는 남다른 인식 때문이라 하겠다. 자신의 내면을 들여다보는 시간에 투자함으로써 정신적 성숙을 지향하겠다는 진술에서 그녀의 세계관은 더욱 빛을 발한다.

자기의 진정한 모습을 발견하기 위한 것이 수필이라면, 이런 유형의 글은 나름의 역할을 다한다. 우리의 삶은 많은 견문을 통해 완성된다. 생의 완성을 기대하는 자체가 무의미한 도전이라고 볼 수 있지만, 어느 정도의 깨달음에 이르는 일도 한순간에 이루어질 수 있는 것은 아니다. 선택과 집중을 통해 존재 의식을 가지려는 작가야말로 진정한 의미의 구도자라 하겠다. 이런 작가의 열린 마인드는 '훌륭한 문인은 구경꾼이요 방랑자여야 한다'고 한 하버드대 쿠퍼렌드 교수의 말씀과 맥락을 같이 한다고 하겠다. 이런 자기 주도적 삶의 태도는 어느 날 가지고 싶다고 가질 수 있는 게 아니다. 이런 태도는 자신이 맡은 일에 최선을 다한 후에 자연스럽게 다가오는 것이다.

어느 곳에서나 선한 역할을 묵묵히 해내는 천사와 같은 사람들이 있어서 이 사회가 발전해 가는 게 아닐까. 상사에게 혼이 나면서도 음악의 유익성을 설파한다. 죄수들 한 사람 한 사람을 설득해 가며 끝까지 성공적으로 이끌어가는 젊은 여성 교도관의 열정과 수고에 박수를 보낸다. 진정한 리더가 아닌가. 죄수들은 한순간에 죄를 지어 후회하며 고통스러운 교도소 생활을 하고 있다. 하지만 사랑과 연민의 마음으로 사랑을 나누며 생활할 수 있도록 그들을 성공적으로 이끌어 가는 감동적인 영화를 보면서 리더의 역할에 대해 생각해보았다. 비록 죄인이지만 어미들인 그들의 고통에 많은 공감이 되었다.

달아난 잠이 한 편의 영화를 선물해 준 밤이었다.

<영화 한 편의 선물> 중에서 -

선한 역할에 대한 애정과 성찰은 이봉순 수필의 깊이를 알게 한다. 그녀는 마음이 넓은 만큼 자상하고 세심하게 주변을 잘 살피는 편이다. 그리고 한눈에 그들의 심중으로 들어간다. 한 편의 영화를 보면서 한 여성 교도관을 바라보는 눈길과 그 의미화가 결코 예사롭지 않다. 그래서 이봉순은 훌륭한 수필가의 자질을 이미 가졌다. "어느 곳에서나 선한 역할을 묵묵히 해내는 천사와 같은 사람들이 있어서 이 사회가 발전해 가는 게 아닐까." 이 부분은 '공동선'의 가치에 대한 진정한 의미를 함축하고 있는

말이다. 영화 속의 인물을 통해 선한 역할의 의미를 멋지게 형상화하는 작가의 기량이 이 수필에서 유감없이 발휘된다. 디테일한 서사의 제시를 통해 독자의 상상력을 자극하기에 이 작품은 구성적 전개가 잘 되었다. '비록 죄인이지만 어미들인 그들의 고통에 많은 공감이 되었다.'는 대목은 예사로 넘길 부분이 아니다. 사랑과 연민의 속성을 포함하는 것은 '진'도 '선'도 아니다. 바로 '미'다. 사랑과 연민이 녹아 있는 여성교도소 이야기가 감동을 주는 이유는 서사에 아름다움이 있기 때문이다.

섬세함과 강인함이 함께 공존하는 그녀의 수필 앞에 서면, 문체에서도 강한 힘이 느껴진다. 작가는 영화 보기를 통해 한 지도자의 주요성을 '교도관의 헌신'에 견주어 표현하였다. 이는 '사랑'의 의미를 문학적으로 건져 올렸다는 데서 그 가치가 크다. '응징'이 아닌 '사랑과 용서'를 외치는 한 교도관의 견고한 직업의식은 근대적 성찰의 결과로 나온 인간관에 대한 새로운 수용임과 동시에 인류애적 사상에 기반을 둔 듯하다. 사랑과 용서가 사람을 변화시킬 수 있다는 서사를 통해 인간의 본성에 대한 이해를 새롭게 설정하려 한다는 점이 돋보인다고 하겠다. '결국 사랑을 받고 싶은데 사랑을 받지 못해서 죄를 짓게 된 사람들이라는 생각이 들었다.'는 진술에서 그녀는 우리 가슴 속에 숨어 있는 복잡한

악의 근원을 파헤친다. 진정한 삶의 가치는 '사랑'에서 찾아야 한다. 사랑에서 인간 본성을 찾아내려고 하는 그녀의 과감한 용기에 박수를 보낸다.

Ⅳ.

수필가 이봉순은 모두 가슴 한복판에 녹슬어가는 징을 하나 감추고 누군가 아프도록 쳐주기를 기다리고 사는지도 모르겠다. 그녀는 독자들이 자신의 수필집 이면으로 찾아와서 자신의 진실과 마주하기를 바란다. 그러기 위해서 인연화합의 원리를 먼저 이해해야 할 것이다. 말하자면 이봉순의 수필은 한 인간을 이해하기 위해서 풀어야 할 기호 내지는 암호인 것이다. 이 해답을 찾으려는 과정이 바로 상호작용이다. 수필로 쓰여진 회상의 이면에는 대체적으로 다른 기억이 은폐되어 있다. 은폐된 기억에는 이봉순 수필가의 욕망이 숨겨져 있다. 말하자면 의식의 세계로 떠올리고 싶지 않은 아픈 기억은 덮개기억이라는 이름으로 바꾸어서 저장하기 때문이다. 이와 같은 심리 과정이 나타나는 이유는 억압해버리는 기억도 억압당하지 않으려고 저항하기 때문이다. 다시 말해 아픈 경험도 기억으로 남으려는 힘이 있다. 이 힘의 작용으로 이봉순의 기억은 수필이라는 이름의 옷으로 갈아입고 여러분 앞에 서서 환하게 웃고 있는 것이다. 인간은 지향이 있는 한 방황한다. 이 수필의 맛은 표면적 내용 뒤에 숨어 있는 자신을 탐구하고 성찰하여 숨어 있는 작가 자신의 긍정 지향성과 순명인식을 과감하게 보여준 데 있다고 하겠다.

이봉순 수필집

내 안의 초대